KB046078

You like Mama, Not my Daughter?!

커버 · 컬러내지 · 본문 일러스트
기우니우

프롤로그

♥

"──이 아이는 제가 거두겠습니다."

그렇게 선언하고 5살인 미우를 입양한 게 대체 언제였더라.

굉장히 옛날 같기도 하고, 얼마 전인 것 같기도 하다.

언니 부부의 장례식에 모인 친척 어른들 앞에서 성대하게 허세를 부리며 호언장담했다.

격양된 감정에 맡겨서.

흥분한 감정에 맡겨서.

이제 와서 떠올려 보면…… 얼굴에서 불이 날 정도로 부끄럽다.

갓 스물 언저리인 어린애가 참으로 건방진 소리를 했다.

제대로 가정을 꾸린 적도 없고, 정식으로 취직한 적도 없다.

그런 세상 물정 모르는 여자가 각자 어엿한 가정을 지닌 어른들 앞에서 참으로 거만한 소리를 해버렸다.

지금 생각해 보면 반성해야 하는 태도였다.

하지만.

후회는 하지 않는다.

태도에 반성할 점은 있어도── 결정은 조금도 후회하지 않는다.

만약 과거로 돌아간다고 해도 몇 번이든 같은 선택지를 고를 테지.

미우를 데려가, 미우의 어머니가 된다.

엄마가 된다.

그 결단이 잘못되었다고는 생각하지 않는다.

오히려── 인생에서 최고로 좋은 결정이었다고 생각할 정도다.

미우를 데려와서── 미우와 모녀가 되어서 정말로 다행이다.

그날 그 장소에서 내린 결단은 분명 운명이었던 거겠지.

다양한 의미로, 다양한 각도에서, 운명.

미우──만이 아니다.

일단…… 그날이 나와 그가 처음 만난 날이기도 하다.

대단히 미안하지만…… 나는 미우 생각으로 머리가 가득 차서 거의 기억나지 않지만── 그래도 그는 선명하게 기억하고 있다고 한다.

나를 처음 본 날을.

나에게── 마음을 빼앗겼던 날을.

마침 어젯밤에 그런 추억 이야기를 나눴다.

조금 부끄럽다는 듯, 하지만 어딘가 자랑스럽다는 듯 나에게 반했을 때의 에피소드를 뜨겁게 늘어놓았다.

하아, 정말이지.

탓군은 몇 살이 되어도 전혀 달라지지 않는다니까──.

"…………"

스윽.

천천히 눈을 뜬다.

눈앞에 있는 건 커다란 거울.

거기에 비친 내 모습에—— 무심코 숨을 삼켰다.

순백의 드레스.

새하얗고 반짝거리고 청초하고 순결한, 하얀 옷.

신부가 입는 의상이다.

뭘 입을지 정한다고 몇 벌씩 시착하고, 이날을 위해 살짝 다이어트도 하고, 사흘 전에는 피부관리샵에도 다녀왔다.

드레스 말고도 오늘이라는 날을 위해 그와 둘이 많은 것을 준비했다.

"……후후."

왠지 신기한 기분.

신부 의상을 입게 될 일은 분명 없을 것이라 생각했다.

확고한 각오를 다졌던 건 아니지만…… 미우를 데려온 그 날, 이런 것들은 포기해야만 한다고 느꼈다.

평범한 연애, 평범한 결혼, 평범한 출산——.

그러한 모든 것을 포기해서라도 딸을 훌륭하게 키워내겠다고 결심했다.

하지만.

어느새 정신을 차리자—— 포기하려고 했던 모든 것을 손에 넣어버린 내가 있다.

전부 다 탓군 덕분이다.

포기해도 된다고 생각했던 모든 행복을 그가 나에게 선물해주었다.

10살 때부터 계속, 10년 넘게 나를 좋아한 그가 넘쳐날 정도의 행복을 나에게 안겨주었다.

눈을 감자―― 여태까지 있었던 모든 일이 떠올랐다.

갑작스러운 고백.

첫 데이트.

미우의 마음.

사귈 때까지 우여곡절.

난데없는 원거리 연애――인 줄 알았던 동거.

처음으로 밤을 함께 보낸 날.

그리고, 그리고, 그리고, 그리고――.

아아.

셀 수 없다.

주워 담을 수 없다.

가슴을 모조리 채워버릴 정도로 가득한, 그와의 추억.

즐거운 일만 있었던 건 아니지만, 엉망으로 실패할 때도 있었지만―― 지금 와서는 그 모든 것이 행복했다고 가슴을 펴고 말할 수 있다.

그와 함께 걸어온, 무엇과도 바꿀 수 없는 나날――.

음.

뭐라고 할까.

입고 있는 옷 때문에 자꾸만 감상적이고 감개무량한 기분이 들고 있지만, 영화로 말하자면 엔딩롤이고 소설로 말하자면 마지막 권 같은 기분이 되어버렸지만──.

하지만, 딱히 오늘로 인생이 끝나는 건 아니다.

우리의 인생은 앞으로도 이어진다.

그러니 오늘 이날은── 단순한 단락에 불과하다.

평범한 일상보다는 조금 특별한, 인생의 단락──.

똑똑. 대기실 문을 노크하는 소리가 들렸다.

열린 문 너머에서.

"──엄마."

사랑해 마지않는 딸이 빼꼼 얼굴을 내밀었다.

제1장
임신과 보고

♥

싱글맘의 아침은 일찍 시작한다.

아침 일찍 졸린 눈을 비비며 일어나 고등학교에 다니는 딸을 위해 매일 아침 도시락을 만들어 줘야 한다.

그게—— 내 일상.

3n살인 내가 매일 반복하는 일과.

……였는데——.

"앗. 좋은 아침, 엄마."

아침 7시.

느긋하게 일어난 내가 거실에 들어오자 식탁에는 이미 아침 식사가 차려져 있었다. 부엌엔 교복으로 갈아입은 미우가 서 있다.

오늘도 나보다 일찍 일어나 아침을 만들어 준 모양이다.

"더 자고 있어도 되는데."

"언제까지고 계속 잘 수는 없잖아."

나는 대답하면서 식탁에 앉았다.

도쿄에서 돌아온 지—— 벌써 2주가 지났다.

요즘 미우는 계속 이런 식이다.

나보다 일찍 일어나 두 사람이 먹을 아침을 차려놓는다.

요리 말고도 빨래, 청소, 장보기 등.

집안일을 적극적으로 도와주게 되었다.

원래 요령이 좋고 기본적인 집안일도 할 줄 아는 아이였지만…… 지금까지는 아무리 말해도 좀처럼 도와주지 않았다.

뭐, 내가 어디 아플 때는 뭐든 해주긴 했지만…… 바꿔 말하자면, 내가 건강할 때는 안 했다는 소리다.

귀찮아하는 건지, 어머니에게 어리광부리는 건지.

아무튼.

그런 미우가 지금, 전에 없이 집안일을 해주고 있다.

그 이유는—— 솔직히 참으로 노골적이다.

"임신했을 땐 잠을 설치는 사람도 있다고 하니까. 힘들면 무리해서 일어나지 않아도 돼. 전부 나 혼자 할 수 있어."

"지금은 괜찮으니까 안심해. 어제도 8시간 푹 잤어."

"그럼 됐고."

자, 커피.

미우가 퉁명스럽게 말하며 식탁에 컵을 내려놨다.

이건 평범한 커피가 아니다.

'민들레 커피'라고 해서, 민들레 뿌리로 만들었다. 커피콩을 사용하지 않으니 엄밀하게는 커피가 아니다.

디카페인이라서 어린아이나—— 임산부도 안심하고 마실 수 있다.

…………

그래.

임산부도.

사실 지금 내 배 속에는 아기가 있다.

산부인과에서 진찰받은 바에 의하면 현재 임신 3개월.

아직 그렇게 눈에 띄는 건 아니지만…… 조금씩 배가 부풀고 있었다.

"……후후."

"왜, 엄마? 갑자기 웃고."

"으으응…… 아무것도 아니야. 그냥 조금 기뻐서."

나는 웃으면서 말했다.

"미우가 갑자기 의젓해졌으니까."

"…………."

"맏이가 된다는 자각이 생긴 걸까? 그렇겠지. 동생이 태어나 니까 미우도 의젓해져야지. 힘내, 언니. 혹은 누나."

나는 칭찬할 의도로 한 말이었다.

최근의 태도를 칭찬하는 말이었다.

하지만 미우는 놀렸다고 느낀 건지.

"……그야 뭐, 의젓해져야지."

어딘가 삐진 듯한 말투로 대꾸했다.

"동거한다고 머리에 나사가 빠진 누구 씨들이 상당히 무계획 적인 짓을 저질렀으니까. 하다못해 나라도 정신 바짝 차려야지."

"……윽."

거길 건드리면 나는 입을 다물 수밖에 없다.

그야…… 응, 뭐.

정말로 진짜, 무계획적인 짓을 저질렀으니까.

나는 카츠라기 아야코, 3n살.

사고로 죽은 언니 부부의 아이를 거둔지도 벌써 10년.

우여곡절을 거쳐── 옆집에 사는 10살 넘게 연하인 대학생, 아테라자와 타쿠미와 사귀게 되었다.

그 후 이런저런 이유로 나와 그는 석 달 동안 도쿄에서 동거했다.

성인 남녀가 한 지붕 아래에 살면서 아무 일도 일어나지 않을 리가 없었고…… 나와 그는 경사스럽게 맺어졌다. 서로 처음인 것도 있기에 거기에 도착할 때까지는 또 이런저런 일이 있었지만, 어떻게든 관계를 한 걸음 진전시켰다.

그리고.

그…… 뭐라고 할까.

관계를 한 걸음 진전시켰더니 그 기세를 타고 열 걸음 정도 건너뛰고 말았달까.

"솔직히 진짜 깨."

아침을 먹던 도중 미우가 절절히 말했다.

내 마음에 푹 꽂히는 발언을.

"엄마와 타쿠 오빠는 대체 뭘 하러 도쿄에 간 거야?"

"…………."

"일이잖아? 일하러 간 거잖아? 엄마는 담당 작품의 애니메이션 프로젝트에 제대로 관여하고 싶어서. 타쿠 오빠는 그런 엄마를 뒷받침하면서 자기도 인턴이 되어 사회 경험을 쌓기 위해."

"…………."

"뭐, 말은 그렇게 하지만 둘 다 이제 갓 사귀기 시작해서 가장 즐거운 시기였으니, 떨어져 지내고 싶지 않다는 마음이 있었다는 건 이해해. 오이노모리 씨도 그걸 충분히 이해하고 두 사람의 동거 계획을 세운 걸 테니까."

"…………."

"분명 신뢰했던 거겠지. 엄마라면 틀림없이, 갑자기 동거하게 된다고 해도 들떠서 선을 넘어버리지 않고 제대로 일과 사생활을 계획적으로 양립할 거라고."

"…………."

"그렇게 따지면…… 나도 믿고 보내준 거였거든? 엄마는 엄마대로 커리어를 쌓고, 타쿠 오빠는 타쿠 오빠대로 장래를 위해 경험을 쌓고…… 두 사람이 성장해서 돌아온다고. 사회인으로서도 커플로서도 한두 단계쯤 성숙해서 돌아올 거라고. 그렇게 믿었으니까 혼자 여기에 남은 거였거든?"

"…………."

"그랬는데."

미우는 말했다.

기가 막힌다는 눈으로 나를 바라보며 크게 한숨을 쉬었다.

"설마…… 무계획으로 애를 만들어서 돌아올 줄은 몰랐어."

푸우욱.

깊게 박힌 칼날로 이리저리 후벼 파는 기분이었다.

"아니 뭐, 나도 이미 고등학생이니까…… 성인끼리 사귀면 그런 관계가 된다는 것도 각오는 했었거든……. 한 지붕 아래에서 살면 당연히 그렇게 되리라는 건 알았는데…… 하지만 임신은 또 사정이 다르잖아?"

"……윽."

"레이와 시대에 너무 고리타분한 소릴 하고 싶진 않지만…… 그래도 뭐라고 하지, 순서라는 게 있잖아? 정식으로 사귀기 시작한 지 아직 몇 달도 안 지났고, 결혼의 기역도 나오지 않았는데…… 그런데 임신이라니."

"……으윽."

"엄마랑 타쿠 오빠, 일이 아니라 신혼여행 다녀온 거야?"

"……으, 으, 으아앙. 이제 그만해! 이 이상 괴롭히지 마!"

견딜 수 없어 무너지는 나였다.

"아니거든! 놀러 간 거 아니거든! 일은 제대로 하고 왔어! 할 일은 했다고!"

"…………."

"하지만, 그, 뭐냐…… 바, 밤에도 할 일을 했더니, 생길 게 생겨버렸을 뿐이고……."

조, 조잡해!

변명이 너무 조잡해!

"……해야 할 일을 제대로 하지 않아서 계획에도 없는 애가 생긴 거 아니야?"

"크헉……!"

완전논파.

고등학생 딸에게 논리로 철저하게 깨지고 말았다.

아무런 반박도 할 수 없다.

아기가 생기지 않도록 제대로 세심한 주의를 기울였냐고 묻는다면…… 가슴을 펴고 고개를 끄덕일 수 없다. '뭐, 아마 안 생기겠지' 같은 방심이 마음속 어딘가에 있었다는 걸 부정하지 못한다.

어랍쇼?

이상하네.

사실은 이런 성교육은…… 어머니인 내가 사춘기인 딸에게 해줘야 하는 거 아니야?

왜 내가 딸에게 배우고 있는 거지?

아이고, 우리 딸은 정말로 의젓하구나.

"······으, 으으. 더 이상 괴롭히지 마, 미우······. 그 문제로 엄마와 아빠에게 죽도록 혼났으니까······."

도쿄에서 돌아오자마자 나와 탓군은 쌍방의 부모에게 이번 일을 보고했다.

아무리 그래도 숨길 수 없다고 판단했기 때문이다.

그때 일은······ 너무 큰 소란이 일어나서 말로 다 표현할 수도 없다.

탓군의 부모님은 나와 사귀는 걸 알고 있었으니 그나마 나았지만······ 우리 부모님은 특히 난리였다.

먼저 우리가 사귀는 걸 보고하는 것부터 시작해야 했으니까.

30대 싱글맘인 딸의 교제 상대가 스무 살의 대학생인데다······ 사실은 실수로 아기가 생겨버렸다니.

너무나도 충격적인 전개다.

"뭐, 하지만 결과적으로는 다행이지 않아? 숨기고 있던 타쿠 오빠 건도 이번 기회에 오픈했으니까."

"······그건."

그럴지도 모르지만······ 그래도, 그렇다고 해도 더 괜찮은 방식으로 보고할 수 있었을 텐데.

"할아버지도 할머니도 최종적으로는 두 사람을 응원해준다는 식으로 갔고."

"······뭐, 아기가 생겼으니까."

임신의 충격이 너무 강렬했기 때문인지, '남자친구가 대학생'이라는 부분은 그리 자세하게 따지고 들 시간이 없었다.

이미 어쩔 수 없다는 분위기.

그 부분을 생각할 여유가 없다는 체념.

임신을 이유로 삼는 형태가 되어서 본의가 아니긴 하나⋯⋯ 결과가 좋으니 다 잘 됐다고 할 수 있을지도 모른다.

"⋯⋯할아버지랑 할머니도 의외로 기쁨이 더 컸을지도 몰라."

"어?"

"이러니저러니 해도 엄마를 걱정했을 테니까. 나처럼 다 큰 애가 있는데 결혼은 안 했으니⋯⋯. 그 왜, 할아버지 세대는 결혼은 당연히 해야 하는 세대잖아?"

"⋯⋯⋯⋯."

그건── 그럴지도 모른다.

'아야코가 아이를 낳는 건 포기했었다'라는 말도 들었고.

너무 시끄럽게 잔소리하지는 않았지만── 이러니저러니 해도 내가 이 나이가 될 때까지 결혼하지 않은 걸 두고 생각하는 바가 있었을지도.

요즘 시대엔 결혼이 인생의 전부가 아니다.

결혼하지 않은 사람도 많이 있다.

하지만 우리 부모님 세대는 아직 '여자의 행복은 결혼해서 아이를 낳는 것'이라고 생각하는 사람도 많은 느낌이다.

"순서는 바뀌었을지도 모르지만, 30대 딸이 무사히 임신했으니까. 이러쿵저러쿵 불평하려는 마음보단 주로 기쁘다거나 안도하는 감정이 컸겠지."

"미우……."

가슴이 따뜻한 것으로 차오른다.

하지만 조금 반박하고 싶은 기분도 들었다.

"과장은. 나는 아직 그렇게 걱정시킬 만한 나이가 아닌걸."

"무슨 소리야!"

가볍게 말하는 나에게 미우는 날카로운 어조로 말했다.

"엄마 나이에 초산이면—— 훌륭한 고령임신이거든!"

"——?!"

고, 고령……?!

으으, 너무 불편한 단어!

세간에선 35살 이상의 초산을 '고령임신'이라고 부른다.

즉 3n살인 나는…… 응.

뭐, 음…… 이 부분은 대충 덮어두고.

"아, 아아, 아니야, 미우……. 나는 아직, 어린 편이고……. 고령임신이라고 해도 아슬아슬하게…… 정말 아슬아슬하게 될락 말락 하는 거니까."

"질척거리기는."

엄한 눈으로 단호하게 말하는 미우.

"자기 나이에서는 도망칠 수 없으니까 제대로 인정해. 20대에 비해 위험이 크다는 건 확실하니까, 그것도 인정하고 마주 봐야지."

"네, 넵……."

"그리고 임신했다고 해도 아직 안정기에 들어가려면 한참 멀었으니까 정말로 조심해야 해. 자기 혼자만의 몸이 아니라는 걸 잊지 마. 엄마는 너무 무사태평하니까, 제대로 정신 차리고."

"……네."

고개를 끄덕일 수밖에 없었다.

내 임신을 계기로 미우는 정말로 의젓해지기 시작했다.

이미 훌륭한 장녀.

아니…… 이쯤 되면 시어머니라는 느낌이다.

♠

링고 사토야는 나, 아테라자와 타쿠미의 친구다.

미려한 얼굴과 가냘픈 체격.

얼핏 여자로 보일 정도의 미청년으로, 실제로 여장하고 거리를 돌아다닐 때도 많다.

뭐, 본인 왈.

『여장이 아니라 나에게 어울리는 옷을 입는 것뿐이야.』

라고 하지만.

'여자처럼 꾸민다'거나 '여자가 되고 싶다' 같은 욕구가 있는 건 아니라고 한다. 딱히 남성을 좋아하는 것도 아니라 연애 대상은 늘 여성이었으며, 지금도 사귀는 중인 여자친구가 있다.

특이한 녀석이라고 한다면 특이한 녀석.

나에게는 소중한 친구 중 한 명이다.

만난 건 대학에 들어와서.

학부가 같다 보니 이래저래 같이 행동할 기회가 많았다.

지금 시점에서 '가장 친한 친구는 누구?'라고 묻는다면 나는 사토야의 이름을 꼽을 것이다.

아야코 씨와 엮인 문제로도 사토야에게 신세 졌다.

사귀기 전에도 사귄 뒤에도 여러 번 상담했다.

본인은 '반쯤 재미로 듣는 거야'라며 위악적인 태도를 보이지만, 이러니저러니 해도 진지하게 들어주었다고 본다.

때로는 친절하게, 때로는 엄하게 내 연애를 응원해줬다.

가슴을 펴고 단언할 수 있다.

링고 사토야는 신뢰할 수 있는 소중한 친구라고.

그래서.

그렇기에.

가족 말고는 가장 먼저 사토야에게 보고하겠다고 결심했다.

내가 지금 처한 진퇴양난의 사정.

마주 봐야만 하는 상황.

사람에 따라서는 경멸하는 시선을 보낼 법한 이야기다. 어떤 편견이나 모욕을 받는다고 해도 불평할 수 없다.

하지만―― 사토야라면.

그 녀석이라면 분명 알아줄 것이다.

나를 이해하고 공감하고, 위로하고 격려해줄 것이다――.

"――아니, 환멸 나는데."

사토야는 말했다.

기가 막힌다는 얼굴로.

극도로 질색하는 눈으로.

"미쳤네. 대학생 신분으로 상대방을 임신시켰다니, 진짜 미쳤지……. 남자로서 빵점이잖아."

"……윽, 으으윽……."

턱을 괴고 던지는 공격에 나는 좌절할 수밖에 없었다.

여기는 사토야의 집.

대화 내용이 내용이다.

만에 하나라도 다른 누군가가 듣는 걸 피하고 싶었기에, 강의가 끝난 뒤 우리 두 사람은 사토야의 집에 왔다.

그곳에서 아야코 씨의 임신 사실을 전하자 돌아온 것은 격려의 말――.

이 아니고.

실망을 드러내는 경멸의 말이었다.

"너, 너는…… 용기를 내서 보고한 친구에게 해줄 말이 그거냐……."

"그야 답이 없는걸. 아직 사귄 지 반년도 안 지났는데 임신시키다니."

한숨을 내쉬며 말하는 사토야.

"왠지 충격인데. 타쿠미는 그런 부분에서 철저하게 할 줄 알았거든. 누구보다 아야코 씨를 위할 줄 아는 남자라고 생각했는데."

"……윽."

"육체관계를 갖는다고 해도 제대로 제어할 수 있는 남자인 줄 알았어. 그런데…… 유혹에 패배해서 피임을 소홀히 해버리다니."

"아, 아니야! 그건 아니야!"

허겁지겁 반론했다.

"피임은…… 제대로 했어. 임신이라니, 우리에겐 아직 너무 이르다는 건 알고 있었으니까."

지금 단계에서 임신하면 큰일이 난다는 건 뻔히 알고 있었다.

아야코 씨에게는 일이 있고── 무엇보다 내가 지금 시점에서는 평범한 대학생이다.

결혼할 수 있는 나이이기는 하지만, 파트너를 부양할 경제력은 눈곱만큼도 없다. 지금 상대방을 임신시킨다는 건 완벽하게 무책임한 행위이다.

알고 있다.

차고 넘칠 정도로 알고 있었다.

"하지만…… 그, 뭐라고 해야 하지…… 그걸, 다 써버렸거든."

"…………"

싸늘한 눈빛이 돌아왔다.

쓰레기를 보는 듯한 눈이었다.

"아니, 아니야! 아직 말 안 끝났어! 사정이 있었다고! 어떻게 할 수 없는 사정이!"

"사정……?"

"그게 없다는 걸 알아차린 게…… 한창 달아오른 뒤라서……. 무, 물론 나는 그만두려고 했거든? 욕망을 누르고 필사적으로 자제심을 발휘해서 멈췄거든? 하지만, 하지만…… 아야코 씨가──'오늘은 아마 괜찮으니까'라고 해서…… 그만."

으아아아, 망했어!

아무리 변명해봤자 아무런 변명도 안 돼!

필사적으로 사정을 설명할수록…… 내가 얼마나 쓰레기인지 부각되잖아!

이러니저러니 해도 결국은 여성이 말하는 안전일을 그대로 받아들여 육욕을 참지 못했을 뿐이다. 성욕에 패배해서 피임하지 않았을 뿐이다.

한심하다.

변명할 수 없다.

"뭐라고 하지, 실망했어."

진저리가 난다는 듯 사토야가 말했다.

"타쿠미의 이성적 매력은…… 뭐, 다양하게 있겠지만 나는 1위가 성실함이라고 생각했거든."

"……윽."

"아야코 씨를 오랫동안 짝사랑하면서 순정을 바치고, 우직할 정도로 성실하게……. 그런 점이 바보 같으면서도 멋있다고 생각했는데…… 설마 가장 중요한 부분에서 불성실한 짓을 저지르다니."

"……으윽."

찍소리도 못한다는 건 바로 이런 상황이겠지.

실수로 상대를 임신시켰다.

지금까지 보인 성실함이 전부 날아가 버리는 수준의 불성실한 행위다.

"아야코 씨의 부모님은 뭐라고 하셨어? 이미 보고는 했고?"

"……일단은. 그쪽 부모님께도 내 부모님에게도 제대로 보고했어."

숨겨둘 일도 아니다.

사정이 사정이니 도쿄에 돌아오자마자 바로 양가와 함께 대화했다.

"어땠는데? 저쪽 아버지가 때리기라도 했어? 너 같은 남자에

25

게 우리 딸은 못 준다거나?"

"……아니, 뭔가 전혀 그런 분위기는 아니고…… 서로 부모님끼리 허리를 90도로 굽혀가면서 거듭 사과하는 느낌……."

떠올리고 싶지도 않다.

거북함의 극치와도 같은 분위기였다.

아야코 씨의 부모님도 내 부모님도 필사적으로 허리를 숙이고, 우리도 허리를 숙이고, 전원이 전원에게 끊임없이 사과를 반복하는 듯한 참으로 슬픈 시간이었다.

"아야코 씨는 남자친구가 있다는 건 은근슬쩍 드러냈던 모양이지만…… 상대방이 대학생이라는 건 숨겼던 것 같더라고……."

"아…… 그렇구나. 그 부분이 까다롭지."

생각에 잠기는 사토야.

"타쿠미의 집에서 보면 '대학생인 아들이 무계획으로 저질러서 죄송합니다'일 테지만…… 아야코 씨의 집에서 보면 먼저 '30대의 딸이 귀댁의 아드님에게 손을 대 버려서 죄송합니다'라는 느낌인가……."

그런 느낌이었다.

예전부터 이래저래 이야기해 왔던 우리 부모님과는 다르게, 아야코 씨의 부모님은 굉장히 놀라셨을 것이다.

딸의 남자친구가 대학생.

심지어…… 이미 임신해버렸다니.

아아, 한심해라.

면목이 없다.

사실 아야코 씨의 부모님께는 더 제대로 된 형태로 인사하고 싶었다.

"하지만 노발대발 수라장이 아니라 그런 분위기였다는 건…… 타쿠미 자체는 인정해주신 거야?"

"……뭐, 일단은. 아야코 씨의 부모님도 '생긴 건 어쩔 수 없지'라는 느낌으로 결국은 양가 사이좋게 같이 힘내보자면서 평화롭게 끝났어."

아야코 씨 부모님의 태도로 보아…… 아야코 씨의 나이라는 부분도 역시 컸던 모양이다.

예를 들어 아야코 씨가 나와 같은 대학생인데 임신한 거였다면 저쪽의 분노는 얼마나 컸을지 상상도 가지 않는다.

하지만 아야코 씨는 이미 훌륭하게 자립한 성인 여성.

임신을 경험했어도 전혀 이상하지 않은 나이다.

임신 사실을 안 그녀의 부모님은 상당히 충격을 받은 것처럼 보였으나, 동시에 어딘가 기뻐 보이기도 했다.

뭐, 내 낙관적인 추측일지도 모르지만.

"그 후에 아버지들끼리는 술 마시러 갔어. 늦은 시간까지 즐겁게 마신 것 같아."

"흐응, 그렇구나. 뭐, 서로 부모님이 인정했다면 내가 뭐라고 할 일도 아니지.”

고개를 절레절레 내저을 듯한 기세로 쓴웃음을 지었다.

“친구로서 하고 싶은 말을 마음껏 했지만…… 그러고 보면 중요한 말을 깜빡 잊었네.”

사토야는 아주 조금 자세를 바로잡은 뒤, 새삼스러운 태도로 말했다.

“축하한다, 고 해도 되는 거지?”

“……그래.”

조용히, 하지만 분명히 고개를 끄덕였다.

축하한다.

친구의 그 축하 인사는 솔직하게 받아들이고 싶었고── 솔직하게 받아들여도 되는 상황을 앞으로 만들어가고 싶다.

원하지 않는 타이밍이긴 했다.

하지만── 전혀 원하지 않은 일은 아니다.

사귀는 이상 언젠가는 결혼해서 아이를 갖고 싶었다.

자업자득으로 기습적인 타이밍이 되고 말았을 뿐, 본래대로라면 무척이나 경사스럽고 모두에게서 축하받을 만한 일이니까.

“하아아. 뭐랄까.”

사토야가 애매모호하게 웃으며 말했다.

“지금까지 타쿠미의 연애에 대해 선배 노릇을 하며 이런저런 조언을 했지만…… 갑자기 추월당한 기분이야. 심지어 역전이

불가능할 만큼. 아무리 나라고 해도 파트너를 임신시킨 적은 없으니까."

"……하하하."

웃을 수밖에 없는 비아냥이었다.

"하지만―― 앞으로가 고생이지."

진지한 얼굴이 되어 말을 이었다.

"아야코 씨도 첫 임신이니까 이래저래 고생이겠지만…… 타쿠미도 마침 본격적으로 구직활동에 들어가는 시기잖아?"

"…………."

아무 말도 할 수 없었다.

정말―― 그 말대로.

원래 이번 도쿄 인턴십이 끝나면 그 경험을 살려 본격적으로 구직활동을 시작할 생각이었다.

현 단계에서는 원하는 직종조차 막연하게밖에 정하지 않았다.

올겨울부터 찬찬히 시간을 들여 자기분석과 OB 방문 등 진지하게 구직활동에 임할 생각이었다.

나를 위해서도, 그리고 아야코 씨를 위해서도 제대로 된 직장을 찾아 훌륭한 사회인이 되고 싶었다.

그런 타이밍에―― 이번 임신.

내 일이지만…… 정말로 무계획적인 짓을 저질렀다.

"뭐."

내가 아무 말도 하지 못하고 고개를 숙이고 있자 사토야가 밝은 어조로 말했다.

"무슨 일이 생기면 말해. 내가 할 수 있는 일이라면 힘이 되고 싶으니까."

"……그래. 고마워."

"말은 이렇게 해도…… 너무 의지하지는 말고. 임신도 구직도 나는 전부 무경험자니까. 응원단 같은 거라고 생각해."

"그걸로도 충분해. 충분히 고마워."

응원단이라고 해도—— 너무나 기쁘다.

무엇보다 그 마음이—— 내 편이 되어준다는 게 기쁘다.

놀리기도 하고 엄하게 혼내기도 하지만, 그래도 마지막에는 따뜻한 말을 건네는 사토야는 역시 믿음직스러운 친구임을 새삼 실감했다.

♥

『흐음. 그렇군. 상견례는 평화롭게 끝난 건가.』

여느 때처럼 오이노모리 씨와 전화.

업무에 관한 대화가 일단락되자 화제는 자연스럽게 내 사생활이 되었다.

『싸우지 않고 끝났다면 잘된 일이지.』

"그러게 말이에요."

『뭐, 수라장이 되는 패턴도 그거대로 재미있어 보였으니 맥이 풀리긴 하지만. 부모님의 반대는 러브코미디의 클리셰 패턴 중 하나잖아? 그걸 뛰어넘으면서 너희 두 사람의 인연이 한층 단단해졌겠지.』

"아니, 됐거든요. 그런 건 필요 없어요. 평화가 최고예요. 쓸데없는 평지풍파를 일으키지 않고 잔잔하게 가고 싶습니다."

『그런 성향의 인간은 이렇게 이상한 타이밍에 임신하지 않는다고 보는데.』

"……그건 말하지 말아 주세요."

『아하하. 농담이야.』

침울해지는 나를 가볍게 웃어넘기는 오이노모리 씨.

『타이밍 같은 건 사소한 문제지. 경사스러운 일이라는 건 틀림없어. 성대히 기뻐하자고.』

"……네."

고개를 끄덕이는 나.

오이노모리 씨에게는—— 이미 임신 사실을 보고해놨다.

사실은…… 부모님이나 미우보다 먼저 보고해버렸다.

직장에 보고하는 건 안정기에 들어선 뒤에 하는 주의인 사람도 많다고 들었지만, 내 경우는 사정이 사정이었다.

계획에 없던 임신이라 업무에 영향이 갈 가능성이 컸고……

31

게다가 도쿄에 있는 동안 한 번 산부인과에 다녀오고 싶었다.

그런 다양한 분야의 상담도 할 겸 오이노모리 씨에겐 일찍 보고하게 되었다.

『서로 부모님에게 인사를 마쳤다면 다음은 입적 이야기가 나오려나?』

"……아뇨, 전체적으로 그럴 상황이 아니라서요. 조금 안정된 뒤에 하기로 했어요……. 이제부터 탓군은 구직활동도 해야 하고요."

『흐음. 그도 그런가. 뭐, 조급할 필요는 없겠지.』

오이노모리 씨는 말했다.

『다행히 애니메이션 관련 업무도 딱 일단락된 참이었으니까. 당분간은 네 몸과 생활을 첫 번째로 생각하도록.』

"……네. 죄송합니다."

『신경 쓰지 않아도 돼.』

너그럽게 대답한 뒤.

『……후후.』

하고 웃었다.

"왜 그러세요?"

『아니…… 문득 생각나서 말이야.』

오이노모리 씨는 즐겁다는 듯 말했다.

『그러고 보면 10년 전에도 이런 일이 있었잖아?』

"10년 전……."

『우리 회사의 신입사원 중 한 명이 아무런 예고도 없이 '죄송합니다. 아이가 생겼어요'라고 보고했던 특이한 사건 말이야.』

"……!"

뭐라 말할 수 없는 기분이 들었다.

말할 것도 없이―― 나다.

10년 전.

나는 신입사원으로 '라이트십'에 입사했고…… 그 후 몇 달 만에 미우를 입양한다는 결단을 내렸다.

신입사원이 난데없이 싱글맘.

더해서 고향으로 돌아가 재택근무.

……제법 전대미문의 사건이겠지.

평범한 회사라면 틀림없이 해고당했다. 자르지 않아도 최대한 한직으로 돌려서 자발적으로 그만두도록 몰아갔을 것이다.

"……그, 그때도 대단히 죄송했습니다……."

머리가 수그러들었다.

새삼 생각해 보면 이건 두 번째 '아이가 생겼어요' 선언이잖아.

두 번 다 미혼인 채로, 뜬금없는 타이밍에.

내가 생각하기에도…… 사회인으로서 좀 문제가 많은 것 같다.

『후후. 괜찮아. 이제는 재미있는 추억이지.』

정말로 즐겁다는 듯 말을 이었다.

『당시엔 아직 재택근무 자체가 보급되지 않았고, 확실히 이래저래 문제점이 많았어. 하지만 카츠라기는── 지난 10년 동안 크게 성장해서 우리 회사에 막대한 이익을 가져와 주었잖나. 지금은 단언할 수 있어. 널 해고하지 않은 건 잘못된 선택이 아니었다고.』

"오이노모리 씨……."

『단순한 이익이나 실적만 놓고 말하는 게 아니야. 우리 회사에 다니는 네가 가정과 일을 제대로 양립시켰지. 순조롭게 커리어를 쌓으면서 딸도 훌륭히 키워냈고. 나는 그게 사장으로서, 그리고 한 명의 여자로서 무척이나 자랑스럽다.』

거기까지 말한 뒤, 목소리 톤을 아주 조금 낮추고.

『아쉽게도 나는…… 제대로 양립시키지 못했으니까.』

그렇게 말했다.

아아, 그렇구나.

계속 신기했었다.

10년 전, 오이노모리 씨가 왜 나를 해고하지 않은 건지. 터무니없는 선언을 한 신입사원을 계속 고용하며 키워주었는지.

최근 들어 알게 된 일이지만…… 오이노모리 씨에게도 아이가 있었다.

이런저런 사정으로 아이가 두 살이 되기 전에 따로 살기 시작했다.

아이를 낳고도 계속 일하려고 한 오이노모리 씨를 시부모가 못마땅해했고, 남편도 시부모의 편을 들었다.

그 결과 두 사람은 이혼.

아이는 남편 쪽에서 데려갔다.

오이노모리 씨는—— 어머니로서 아이를 키우지 못했다.

그런 그녀이기 때문에 생각하는 바가 있었던 건지도 모른다.

내 무모한 결단과 결의를 존중하고 응원해준 건지도 모른다——.

『이런, 조금 감상에 빠져버렸네.』

"정말로…… 감사합니다. 오이노모리 씨가 없었다면 저는 어떻게 되었을지."

『그러지 마. 내가 멋대로 투영하면서 내가 하지 못했던 일을 실현해주길 바랐던 것뿐이니까.』

자조적으로, 그리고 위악적으로 말했다.

『말하자면 내 자기만족…… 일종의 속죄…… 아니, 오기 같은 거지. 내 눈이 닿는 범위에선—— 아이가 생기는 바람에 불행해지는 여자를 만들고 싶지 않았던 것뿐이야.』

오이노모리 씨는 조용한 결의를 숨긴 목소리로 말을 이었다.

『뭐, 내 몫까지 이래라저래라 생색내는 소릴 할 마음은 없어. 카츠라기는 카츠라기의 인생을 걸어가면 돼. 우리 회사는 네 첫 출산을, 그리고 두 번째 육아를 힘껏 도울게.』

"잘 부탁드립니다."

한 번 더 머리를 깊게 숙였다.

앞으로도 이 사람 밑에서 일하고 싶다고, 다시금 그렇게 생각했다.

저녁 장보기를 마치고 돌아오자 차에서 내린 순간 탓군과 딱 마주쳤다.

오늘은 사토야에게 내 임신 사실을 보고하고 온다고 들었다.

마침 돌아오는 타이밍이었던 모양이다.

탓군은 내가 장을 보고 돌아오는 길이라는 걸 알자.

"제가 나를게요."

이렇게 말하고는 요리 재료가 담긴 비닐봉지를 차에서 집까지 옮겨주었다.

"고마워, 탓군."

"아뇨. 아야코 씨, 무리하지 마세요. 장보기라면 제가 얼마든지 다녀올 테니까요."

"괜찮다니까. 차 끌고 다녀오는 것 정도는."

정말이지.

미우도 탓군도 요즘은 정말 과보호한다니까.

모처럼 만났기에 차를 마시면서 대화했다.

나에게 맞춰서 둘 다 민들레 커피다.

"이거, 처음에는 독특하다고 생각했는데…… 익숙해지니까 먹을 만 하네요."

"나도 점점 익숙해져서 맛있다고 느끼게 되었어. 뭐…… 평범한 커피가 그립기도 하지만."

그런 담소를 나눈 뒤.

"……그런데 탓군."

내가 화제를 꺼냈다.

"사토야는…… 어, 어떤 반응이었어?"

솔직히 신경 쓰인다.

상당히 신경 쓰인다.

일반적인 대학생은── 탓군의 친구는 이번 일을 어떻게 생각할까.

만약 우정에 균열이 생겼다면 어떻게 책임져야 하지──.

"아니, 그렇게 긴장하지 않으셔도 되는데요……. 딱히 별거 없었어요. 평범하게 응원해주더라고요. 앞으로 고생할 테지만 힘내라고."

"그, 그렇구나……."

"뭐, 쓴소리도 들었지만요. 실망했다거나, 가장 중요한 부분에서 불성실한 짓을 했다거나."

"그건……."

쓴웃음을 지으며 말하지만, 나는 가슴이 아팠다.

"탓군은 아무 잘못 없는데……. 제대로…… 그게 없어졌을 때 그만두려고 했었잖아? 그런데 내가…… '오늘은 아마 괜찮으니까'라는 말을 하는 바람에……."

솔직히 말해서—— 아주 안이한 발언이었다.

매일 꼼꼼하게 기초체온을 재거나 하지도 않았다.

그래서 내 몸이 지금 어떤 상태인지, 얼마나 임신하기 쉬운 상태인지…… 그렇게까지 자세히 알지 못했다.

지난번 생리 날짜로부터 역산해서 '대충 괜찮을 것 같은데?'라고 생각했을 뿐.

으으…….

내가 한 말이지만 너무 경솔한 발언이었어.

애초에 전문가의 말로는 '안전일은 없다'고 하고.

임신을 원하지 않는다면 아무리 괜찮을 것 같은 날이라고 해도 피임구 없이는 절대 성관계를 하지 말아야 했다.

……아니, 하지만.

그 상황에서는 좀.

그렇게 달아올랐는데 직전에 '오늘은 그만합시다'가 된다면 나도 굉장히 복잡하고 불완전연소라고 해야 하나…….

"……하지만 역시 제 책임이 크죠. 아야코 씨가 그런 말을 해도 제가 제대로 자제했다면 괜찮았을 테니까요."

"아니, 탓군은 나쁘지 않아. 참으려고 했는데 내가 억지로 부탁한 셈이고……."

"…………."

"…………."

서로 사과한 뒤 잠시 침묵이 흘렀다.

민망하다고 할지…… 대화 내용이 너무 적나라해서 쑥스럽다고 할지.

"……어, 음. 누구 책임이다 하는 이야기는 이제 그만둘까요."

이윽고 탓군이 말을 꺼냈다.

"경솔한 행위였고, 앞으로는 이런 무계획적인 일은 하지 않도록 조심하고 싶지만——그래도 행복한 일이니까요."

"……응. 그러게."

조용히, 하지만 크게 고개를 끄덕였다.

마음속에 따뜻한 것이 퍼져나간다.

행복한 일.

임신을 그렇게 말해주는 게 정말로 기쁘고 든든하다.

머릿속에 떠올렸다.

이번 임신을 알게 된 날을.

석 달간의 도쿄 출장도 끝이 다가온 무렵——.

처음에는—— 생리가 조금 늦는 줄로만 알았다.

하지만 날이 지날수록 점점 의구심이 솟았다.

왜냐하면…… 짐작 가는 게 있으니까.

선명했으니까.

그 날이다!

하고 핀포인트로 알 수 있을 만큼 짐작 가는 일이.

혼자서 품을 일이 아니라고 생각했기에 바로 탓군에게 상담해서 검사하기로 했다.

약국에서 임신 테스트기를 사서 화장실에서 써 보자——.

두 개의 선이 선명하게 나타났다.

양성반응.

만약을 위해 하나 다른 것으로도 검사해봤지만, 결과는 바뀌지 않았다.

임신했다.

시판 검사기는 확실하지 않다고 하나—— 높은 확률로 임신했다.

내 배 속에 탓군과의 아이가 있다.

"……!"

그 순간의 감정은 말로 다 표현할 수 없다.

기쁨이 전혀 없었던 건 아니지만—— 그 이상으로 막연한 불안이 가슴을 가득 뒤덮고 눈앞이 캄캄해졌다.

어쩌지.

앞으로 어떻게 해야 하지.

어머니가 된다고?

내가?

앞으로?

그게 아니고── 이미?

……아니, 어느 의미로는 '이미' 어머니이긴 하지만, 그래도 이번 일은 미우의 어머니인 것과는 사정이 다르다.

난생처음 하는── 임신.

순조롭게 간다면 열 달 동안 품은 내 아이를 낳게 된다.

어쩌지. 어쩌지.

그러니까. 먼저 어떻게 해야 하더라?

우선 산부인과에 가서 모자수첩을 받는 거던가……? 일은 어떻게 되지? 지금 임신하면 출산휴가나 육아휴가는 어느 타이밍에…… 오이노모리 씨에 상담해야──.

무엇보다.

탓군.

그는── 어떻게 생각할까.

이런 타이밍에 임신이라니, 틀림없이 바라지 않았을 텐데.

왜냐하면 그는── 아직 대학생이니까.

앞으로 구직활동도 시작할 테고── 애초에 친구들과 더 놀면서 청춘을 누릴 나이다.

아무튼 그는 아직 스무 살밖에 안 된 대학생이니까.

아버지라는 중책을 짊어지기에는 아직 너무 어리다.

배 속의 아기와 나는 틀림없이 그의 인생의 짐이 된다.

그렇다면 이 아이는 나 혼자——.

아니면.

낙태라는 선택지도 검토해야만 할지도 모른다——.

"…………."

생각할수록 머릿속이 어둡게 가라앉았다.

불안에 짓눌릴 것 같았지만 어떻게든 다리를 끌고 화장실에서 나오자.

"아야코 씨……."

거실에서 기다리던 그가 걱정하며 달려왔다.

"어, 어땠나요?"

물어보는 말에 바로는 대답하지 못했다.

하지만—— 숨길 수 있는 일이 아니다.

도망치고 싶은 마음을 꾹 참고.

"……양성, 이었어."

나는 대답했다.

애를 써봤지만 목소리가 떨렸다.

"생겼, 나봐……."

"…………."

"그…… 하지만 아직 확정은 아니고……. 이런 검사는 완벽하

지 않다고 하니까, 제대로 산부인과에서 검사하면 다른 결과가 나올지도 모르고……."

필사적으로 변명 같은 말을 늘어놓았다.

싫어하면 어쩌지.

미워하면 어쩌지.

난감해하면 어쩌지.

귀찮아하면 어쩌지.

온갖 부정적인 생각이 머리를 스쳤다.

상대방의 얼굴을 보는 게 무서워서 눈을 감았다.

"아싸."

──라고.

탓군이 말했다.

자연스럽게 흘러나온 듯한 작은 목소리로.

나는 무심코 눈을 떴다.

눈앞에 비친 그는── 왠지 무척 행복해 보이는 얼굴이었다.

"어?"

"……앗. 죄, 죄송합니다. 무책임했죠……. 앞으로 아야코 씨가 가장 힘드실 텐데……. 애초에 제가 제대로 피임하지 않은 바람에 생겼으니까……."

허둥지둥 쏟아낸 뒤에 말을 이었다.

"하지만."

정말정말 행복하다는 얼굴로.

"역시…… 기뻐요. 꿈만 같아요. 아야코 씨와의 아기가 생겼다니."

"…………."

"꿈 같다고 해야 하나…… 뭐, 꿈 그 자체였죠. 아야코 씨와 결혼해서 가정을 꾸리는 게 10년 전부터 제 꿈이었으니까."

"…………."

"뭐…… 순서가 많이 바뀌었으니까 그 점은 반성해야 하지만…… 아니 그보다, 앞으로 어떻게 할까요? 서로 부모님께도 보고해야 하고…… 앗, 아니다. 먼저 병원에 가요, 병원! 저도 꼭 따라갈 테니까요!"

"…………."

뒤늦게 불안과 걱정을 늘어놓는 탓군.

나는 어쩐지 어안이 벙벙했다.

가슴을 가득 덮고 있던 어두운 불안이 깨끗하게 사라졌음을 깨달았다.

아아——.

뭘까.

나는 아직 탓군에 대해 잘 몰랐구나.

낙태도 검토해야 한다──고 생각했던 내가 정말로 부끄럽다.

물론 불안이 없는 건 아닐 거다.

두려움 같은 감정이 없지도 않을 거다.

하지만 그런 온갖 부정적인 감정을 제쳐놓고── 탓군은 가장 먼저 기뻐해 주었다.

내 임신을, 우리의 아이를 기뻐해 주었다.

그 사실이── 더없이 기뻤다.

원하지 않는 타이밍이긴 했지만── 원하지 않는 임신이었던 건 아니다.

탓군 덕분에 진심으로 그렇게 생각할 수 있었다.

탓군과의 담소는 어느새 내 푸념이 메인이 되었다.

"그래서 미우가 요즘 정말 잔소리가 많아졌어. 마치 시어머니 같아."

"그만큼 걱정하는 거죠."

"너무 무사태평하다고 하질 않나."

"뭐, 확실히 좀 태평할지도 모르네요. 아야코 씨."

"뭐야, 탓군마저 그러는 거야?"

"아하하."

"정말이지…… 누구 때문인데 그래."

"네?"

"······아니, 아무것도 아니야."

그렇게 말하고 민들레 커피를 한 모금 마셨다.

무사태평하다.

확실히── 반박할 말이 없을지도 모른다.

스스로도 놀랄 정도로 마음이 침착하다.

예기치 못한 타이밍에 임신, 심지어 30대의 초산.

불안한 요소는 산더미처럼 있는데── 어째서인지 행복이나 설렘이 더 커지고 말았다.

이 임신을── 행복하다고 느낀다.

분명 이게 운명이었다고, 그런 식으로 생각하고 있다.

이렇게나 낙관적이고 마음이 평온할 수 있는 이유는── 너무나도 명백하다.

탓군 때문이고── 탓군 덕분이다.

"······그러고 보면 아이 이름도 생각해야겠네."

"그러게요. 아야코 씨는 획수 같은 거 고려하세요?"

"글쎄······. 고려하는 게 좋을까?"

"해도 괜찮을 것 같지만요······ 고려하지 않고서 정했다면 나중에 절대 찾아보지 않는 게 좋다고 하더라고요. 조금이라도 봐버리면 마음에 걸리적거리는 게 생긴다고 해요."

"아······ 그런 거 있지."

"가끔 태어난 뒤에 얼굴을 보고 정하는 사람도 있다고 하는데요."

"으음, 그건 어려울 것 같아. 태어난 뒤에는 찬찬히 생각할 여유가 없을 것 같고."

옆에서 보면 분명 소소한 이야기.

하지만 우리에게는 중요한, 미래를 위한 이야기.

앞으로도 한참 고생할 테지만, 파트너가 탓군이라면 어떤 곤경이라고 해도 같이 넘어설 수 있을 것 같았다.

…………

뭐.

이런 식으로.

훈훈하게 긍정적으로 마무리 지었으나── 곧바로 우리는 뼈저리게 느끼게 된다.

임신과 출산이…… 그저 행복하기만 한 게 다가 아니라는 걸.

그리고.

대학생이 아버지가 된다는 현실을.

제2장
입덧과 결단

♥

12월 중순——.

토호쿠에는 드문드문 첫눈이 내렸다.

밤사이에 조금 내렸을 뿐인 건지, 집 밖에는 1cm도 되지 않는 눈이 얄팍하게 쌓여 있었다.

하늘은 쾌청하니까 앞으로 몇 시간이면 전부 녹아버리겠지.

얇게 깔린 눈을 밟으면서 이웃집——아테라자와 가에 회람판을 가져가자 탓군의 어머니——토모미 씨가 맞아주었다.

"어머나, 아야코 씨."

"안녕하세요."

"이런 날에 밖에 돌아다녀도 괜찮아?"

"괜찮아요. 아주 조금밖에 안 내렸으니까요."

"조심해. 넘어지거나 하면 정말 큰일이거든. 회람판은 전화하면 내가 가지러 갔는데."

"아뇨, 아무리 그래도 거기까지는."

쓴웃음을 지으며 고개를 젓자.

"하아. 하지만 왠지, 아직도 믿어지지 않아."

토모미 씨가 절절히 중얼거렸다.

"내년에는…… 내게 손주가 생긴다니."

"…………."

"타쿠미가 계속 당신을 좋아했다는 건 알고 있었고, 당신들이 사귀게 된 것 자체는 별로 놀라지 않았지만…… 그래도 설마 이렇게 순식간에 아이가 생기다니."

"…………저, 저, 정말로 정말 면목이 없습니다."

깊이 머리를 숙였다.

그대로 바닥까지 머리를 박으려고 하던 차에 토모미 씨가 허둥지둥 제지했다.

"아앗, 아, 아니야! 비난한 게 아니라……. 아직 좀, 마음이 따라잡지 못한 것뿐이니까……."

"아뇨, 하지만……."

"더는 사과하지 않아도 돼. 이미 가족 같은 거니까. 무슨 일이 있으면 사양하지 말고 의지해줘. 아무튼 첫 손주인걸. 태어나면 잔뜩 귀여워할 거야."

"……네, 네에."

감사해라……!

너무 감사해서 눈물이 나올 것 같아……!

이런 성인군자 같은 사람이 시어머니라니, 나는 정말로 축복받았구나.

"몸 상태는 어때? 입덧이나……."

"그게 하나도 없이 괜찮아요. 정말로 좋더라고요."

"그래?"

"입덧이 전혀 없는 사람도 있다고 하니까, 어쩌면 저는 그런 타입이었던 건지도 모르겠네요."

"어머, 그거 다행이네."

"이야, 운이 참 좋았죠. 운이."

아하하, 우후후 마주 보고 웃었다.

토모미 씨와 화기애애하게 대화한 이 날로부터── 사흘 뒤.

나는 지옥을 보게 되었다──.

"……우웨에에에에엑."

토했다.

화장실에 웅크려 위에 있는 것을 전부 토했다.

"……우욱, 우에엑…… 우웨엑…… 욱, 우웩……."

전부 토한 뒤에도 계속 메스꺼움이 느껴져서 아무것도 나오지 않는데도 헛구역질을 했다.

"……하아, 하아."

가까스로 화장실에서 나온 뒤 좀비 같은 발걸음으로 거실에 돌아와 소파 위로 쓰러졌다.

"으아……."

죽겠다.

아무튼 죽을 것 같다.

구역질이 나고, 위가 메슥거리고, 굉장히 졸리다.

원인은 알고 있다.

이게 세간에서 말하는── 입덧인 거겠지.

입덧.

임신 5, 6주 정도부터 시작하는 구역질, 구토, 식욕부진, 졸음 등의 신체적 이상 증상.

개인차가 워낙 크고, 증상도 시기도 사람마다 제각각.

현대 의학으로도 그 메커니즘은 아직 불확실한 모양이었다.

지식으로는 알고 있었지만…… 설마 이렇게 힘든 것이었을 줄이야.

고작 사흘 전까지만 해도 '나는 입덧이 없는 타입인지도 몰라. 운이 좋네'라고 생각했는데…… 갑자기 왔다.

깜짝 놀랄 정도로 갑자기 왔다.

"……아, 으으."

소파 위에 널부러진 채 좀비처럼 손을 움직여서.

『여보세요.』

지푸라기에라도 매달리는 심정으로 내 어머니에게 전화를 걸었다.

"아…… 엄마…….."

『잠깐, 아야코. 괜찮아?』

"……안 괜찮아. 힘들어. 이거 뭐야. 어떻게 해야 해? 속이 죽도록 울렁거려…….”

『입덧이니까 어쩔 수 없지.』

“뭔가…… 배가 너무 고파서 기분 나빠…… 위가 되게 이상한 느낌…….”

『전형적인 먹덧이구나.』

“먹덧…… 어느 쪽이더라? 먹으면 악화하는 거였던가? 안 먹으면 악화하는 거였던가?”

『안 먹으면 악화하는 거야.』

“뭐야…… 그럼 굳이 따지라면 ‘먹덧’이 아니라 ‘안먹덧’ 아니야? 이상한 이름…….”

『그걸 내가 어떻게 아니.』

속이 울렁거리는 나머지 사소한 것에 태클을 거는 나였다.

『아무튼 늘 뭔가를 먹도록 해. 공복이 되지 않도록 하면 조금은 나아질 테니까.』

“하, 하지만…… 먹으면 토할 것 같은데.”

『뭔가 깔끔하고 개운한 걸 먹는 거야.』

“게다가…… 산부인과 선생님은 너무 많이 먹지 말라고 했는걸. 몸무게가 지나치게 늘어나면 안 좋다면서.”

『그건 당연하지.』

“으아…….”

그게 뭐야?

모순 아니야?

안 먹으면 메슥거린다.

먹으면 먹은 대로 구역질.

입덧을 해소하고 싶다면 늘 뭔가를 먹어서 공복이 되지 않도록 하는 게 좋지만, 살이 과하게 찌는 건 금지.

……이 게임 깨라고 만든 거 맞아?!

얼마나 섬세한 밸런스를 요구하는 건데?!

"아아, 우습게 봤어……. 입덧을 완전히 우습게 봤어……. 죄송합니다, 입덧 없는 타입이라고 운 좋다고 생각해서 죄송합니다……."

『누구에게 뭘 사과하는 건데.』

기가 찬다는 듯 말하는 어머니.

"어머니는 굉장하구나……. 다들 이런 지옥을 극복했던 거야……."

『입덧은 개인차가 심하니까. 없는 사람은 전혀 없다고 하고, 임신 후기까지 계속 있는 사람도 있고.』

임신 후기까지?

말도 안 돼.

이게 앞으로 반년이나 계속된다면 정말로 죽는 거 아닐까…….

『증상도 사람마다 다 다르니까. 음식 취향이 확 바뀌는 사람도 있고, 특정 냄새를 갑자기 못 견디게 되는 사람도 있고…… 그 외엔 자도 자도 또 졸리다거나.』

"아…… 나 그거 같아."

졸리다.

어제부터 계속 졸리다.

밤에 제대로 잤는데도 졸음이 전혀 가시지 않는다.

나른하고 머리가 멍하고…… 조, 졸려.

『빨리 끝나길 기도하면서, 어떻게든 증상을 완화해가며 지낼 수밖에 없어.』

"……그 방법밖엔 없겠지."

병도 아니고 약도 못 먹으니까.

그렇다면…… 그저 대증요법으로 버틸 수밖에 없다.

『정말로 힘들 때는 말해. 바로 도와주러 갈 테니까.』

"……응, 알았어. 그때는 부탁할게……."

통화를 끝냈다.

소파에 누운 채 스마트폰을 든 손을 툭 내렸다.

사실은 지금 당장에라도 와 달라고 하고 싶었지만, 도쿄 출장 때 몇 번이나 와 달라고 했던 직후인 만큼 아무래도 미안했다.

토모미 씨도 부탁하면 도와줄 테지만…… 그래도 좀.

두 사람에게는 아이가 태어난 뒤에 훨씬 더 많이 신세 지게 될 것 같은 느낌이 드니까, 지금부터 너무 의지하는 것도 껄끄럽단 말이지…….

다행히 그렇게까지 심한 입덧은 아니다.

힘들기는 하지만…… 인터넷에서 조사해 보니 더 심각한 증상을 겪는 사람이 많이 있는 것 같았다.

구역질과 졸음뿐이라 온종일 쉬고 있을 수는 없다.

……라고 생각은 하지만…… 아아, 역시 힘들어.

어제부터 집안일을 전혀 못 했다.

미우는 기말고사 직전이라 집안일보다 공부에 집중하라고 말해놨으니 어떻게든 내가 해야 하는데…… 하지만 졸리다. 정말 졸리다.

소파에서 움직이지 못하고 있자── 손에 들린 스마트폰이 진동했다.

탓군의 메시지였다.

『지금 가도 괜찮을까요?』

나는 가까스로 답장했다.

『괜찮아
문 안 잠갔으니까 마음대로 들어와』

건조한 답장이었지만 이게 최선이다.

몇 분 뒤.

철컥 문이 열리는 소리.

여자친구로서 너무한 태도라고 생각하고, 어쩌면 도둑일 가능성도 있다. 하지만 지금의 나는 일어날 기력이 없었다.

소파에 계속 드러누워 있자――.

"아, 아야코 씨……?!"

탓군이 거실에 들어왔다.

죽은 듯 누워있는 나를 보고는 허둥지둥 달려왔다.

"괜찮으세요……?"

"……응, 어떻게든."

"그렇게는 안 보이는데요…….."

"괘, 괜찮아, 괜찮아…… 그냥 입덧이니까. 탓군이야말로 무슨 일이야? 정장도 입고."

오늘의 탓군은 정장 차림이었다.

도쿄에서 인턴으로 일하러 간 첫날에만 입었던 그 정장.

만에 하나라도 실례가 되지 않도록―― '평상복으로 와 주십시오'의 함정에 빠지지 않으려고 입고 간 결과…… 회사 내 분위기는 전혀 그쪽이 아니었던 건지, 첫날 이후에는 계속 사복으로 다녔다.

"오늘은 구직 세미나가 있거든요."

"아…… 그리고 보면 그렇다고 했었지."

"미우에게서 아야코 씨의 입덧이 심한 것 같다고 들어서요…….

그래서 대학에 가기 전에 잠시 살펴보려고 들렀는데…… 설마 이렇게 심했을 줄이야."

몹시 걱정하는 얼굴로 탓군이 호소했다.

"어째서 가르쳐주지 않으신 거예요?"

"그야…… 걱정 끼치고 싶지 않았는걸. 탓군이 구직을 시작해서 바빠진 것도 알고 있으니까."

"그래도……."

"입덧은 어떻게 할 수 없는 거니까. 탓군이 와 준다고 해서 증상이 좋아지는 것도 아니고."

"……!"

괴로운 듯한 얼굴이 된 탓군.

아, 심한 말을 해버렸다.

하지만── 말할 수밖에 없다.

왜냐하면 이 정도로 말하지 않으면 탓군은 내 옆에 딱 붙어서 간병할 것 같았으니까. 언제까지 이어질지도 알 수 없는 입덧. 그런 것에 매달리게 했다간 탓군의 구직활동은 엉망이 되어버린다.

"나라면 괜찮아……. 좀 구역질이 나고 속이 울렁거리고 나른하고 아주 졸린 것뿐이니까……."

"전혀 안 괜찮아 보이는데요……."

"괘, 괜찮아. 미우도 있고."

"……그런 것치고는 집 상태가."

탓군이 심각한 얼굴로 거실과 부엌을 둘러보았다.

널브러진 옷.

여기저기에 쌓인 먼지.

아침을 먹고 정리하지 않은 식탁.

설거짓거리가 쌓인 싱크대.

내놓는 걸 깜빡한 쓰레기봉투.

눈을 돌리고 싶어지는 처참한 몰골인 우리 집——.

"그건…… 미우가 지금 시험 기간이라 내가 공부하라고 해서 그래."

"…………."

"아, 아무튼 괜찮아. 내가 전부 어떻게든 할 테니까."

"아야코 씨……."

"나보다 입덧이 심한 사람도 많이 있으니까, 이 정도로 투덜 거릴 수는 없지……."

허세를 부리며 일어나려고 했지만 몸에 힘이 들어가지 않았다.

강렬한 나른함과 졸음이 밀려왔다.

의식이 순식간에 휩쓸릴 것 같았다.

"……아, 미안, 역시…… 지금은 무리 같아. 30분 정도 잘래…… 일어나면, 제대로 할 테니까……."

"자, 자고 계세요. 주무시는 게 좋으니까요."

"미안해…… 탓군은, 세미나 잘 듣고 와……. 그리고…… 현관, 문단속해 주면 좋겠는데. 열쇠, 갖고 있지……?"

점점 눈꺼풀이 내려갔다.

걱정된다는 듯 이쪽을 보는 탓군이 흐릿해져 간다.

"……그럼, 또…….."

아무리 애를 써도 의식을 유지할 수 없어 나는 잠에 빠져들었다.

"……응."

눈을 뜨고 천천히 몸을 일으켰다.

몸 위에 담요가 덮여 있었다.

분명 탓군이 세미나에 가기 전에 덮어준 거겠지.

두 팔을 들고 영차 기지개를 켰다.

음. 머리는 꽤 개운해졌다. 아직 완전히 본래 상태로 돌아간 건 아니지만, 자기 전보다는 훨씬 낫다.

손 주변에 있던 스마트폰으로 시간을 확인.

우와…… 5시간이나 지났잖아.

낮잠이라기엔 너무 길다.

덕분에 편해지긴 했지만, 왠지 죄책감이라고 해야 하나…… 아깝다는 감정이 크다.

아아…… 또 아무것도 하지 못하고 하루가 끝나버릴 것 같다.

오늘도 집안일은 전혀 못 했구나.

슬슬 미우가 돌아오니까 저녁 먹을 준비도 해야 하지만……이 상태로는 오늘도 냉동식품 파티를 열게 될 것 같다. 하다못해 밥 정도는 지어야——.

잠이 덜 깬 머리로 이것저것 생각에 잠기던 도중 퍼뜩 깨달았다.

"……어라?"

집이—— 깨끗하다.

벗어서 던져놨던 옷도, 내놓는 걸 깜빡한 쓰레기봉투도 없다.

아침을 먹은 뒤 그대로 뒀던 식탁도 깔끔하게 치워져 있다.

그리고 그 안쪽.

부엌 쪽에서는 익숙한 그림자가 작업하고 있었다.

"타, 탓군……?!"

무심코 소리 내자 그가 이쪽을 돌아보았다.

손에는 젓가락과 프래이팬이 들려 있었다.

"아야코 씨, 깨셨군요."

잠깐 기다려주세요.

그렇게 말하고는 프라이팬 작업에 돌아갔다.

불을 끄고 조리 중이던 것을 접시에 옮긴 뒤 내 쪽으로 걸어왔다.

앞치마를 두르고 있는데, 그 안쪽은 자기 전에 봤던 정장 차림 그대로였다.

"몸은 어떠세요?"

"많이 좋아졌, 지만…… 탓군, 뭐 하는 거야?"

"지금 마침 저녁 차리는 중이에요. 부엌 마음대로 써서 죄송합니다."

힐끗 등 뒤를 보았다.

"그 외에도…… 냉동해서 보관할 수 있는 것들도 만들어 봤어요. 반찬을 전자레인지로 때울 수 있다면 몸 상태가 안 좋을 때도 조금은 편해질 수 있을 것 같아서……. 조사하면서 시도한 거라 그리 잘 만들지는 못했지만요."

"…………."

"그리고 방도 멋대로 치웠어요. 청소기는 시끄러울 것 같아서 안 돌렸지만…… 할 수 있는 곳만, 어느 정도 봐줄 만하게……."

마치 변명하듯이, 탓군은 빠른 어조로 대답했다.

마음대로 청소와 요리를 한 건—— 솔직히 아무 상관없었다.

사생활 침해라는 생각은 전혀 없다.

탓군의 집안일 능력이 표준 이상이라는 건 안다.

동거할 때도 그 능력에 상당히 신세 졌다.

우리 집의 주방용품이나 청소도구를 파악하고 있다는 것도 놀라지 않는다.

10년 전부터 몇 번이나 드나들었으니 내 집 같은 남의 집인 셈이지.

중요한 건 거기가 아니다.

내가 놀란 건── 그런 부분이 아니다.

"탓군, 설마."

나는 말했다.

"계속 우리 집에서 집안일 한 거야……?"

내가 잠든 뒤로, 계속.

"……네."

무겁게 고개를 끄덕였다.

계속.

즉──.

"구직 세미나는……?"

물어보지 않아도 알 수 있다.

구직 세미나에는── 가지 않았다는 소리다.

복장이 정장에서 변하지 않았다는 게 가장 큰 증거다.

"……그, 땡땡이쳤어요. 아하하."

얼버무리듯이 웃었다.

"어째서."

"꽤, 괜찮아요. 오늘 세미나는 정말 완전히 첫 단계 같은 거라서요. 빠진다고 해도 큰 영향도 없거든요."

"…………"

나도 구직활동을 경험했으니까 안다.

구직활동을 막 시작했을 때의 세미나는 참가해도 안 해도 상관없는 수준이었다.

참가하지 않아도 어떻게든 된다.

참가하지 않는다고 불이익을 받지도 않는다.

큰 영향은 없다.

하지만.

그렇게 따진다면 애초에 구직활동 때 꼭 참가해야만 하는 세미나는 거의 없고, 참가했다고 해서 특출나게 유리해지는 것도 아니다.

그런 게 아니다.

뭐라고 해야 할까…… 구직활동은 그런 자잘한 활동의 축적이라고 본다.

참가해도 되고 하지 않아도 되는 세미나에 참가해서 무언가를 깨닫거나 특별한 만남이 이뤄지기도 한다.

"……죄송합니다."

내가 아무런 말도 하지 않았기 때문일까.

탓군이 견디지 못하게 된 듯 고개를 숙였다.

"가는 게 좋다고는 생각했는데요……. 말도 없이 이런 일을 해도 아야코 씨는 분명 기뻐하지 않으실 테고……."

그는 비통한 얼굴로 말을 이었다.

"하지만 힘들어하는 아야코 씨를 봤더니…… 도저히 내버려 둘 수 없었어요. 제가 집안일을 하면 조금은 편해지실까 하고……."

"…………."

"왜냐하면…… 지금 배 속에 있는 건 제 아이고…… 아야코 씨는 아이를 낳기 위해 열심히 싸우고 계시는데…… 그런 아야코 씨를 내버려 두고 저만 태평하게 제 일을 하는 건……."

"탓군……."

가슴이 아프다.

그 마음은, 배려는 뼈저리게 기쁘다.

몇 초 침묵한 뒤.

"고마워."

나는 말했다.

"폐를 끼쳐서 미안해."

"아, 아야코 씨가 사과하실 일은 아니에요. 제가 마음대로 한 일이고…… 애초에 입덧은 어떻게 할 수 없는 거니까요."

"하지만."

나는 말했다.

주먹을 꾹 쥐고, 마음을 독하게 먹고.

"솔직히 말해서…… 달갑진 않아."

"……!"

"내 몸을 염려해준 건 기쁘고, 정말 고맙지만…… 그래도 그로 인해 탓군이 자기 일을 소홀히 하는 건 좀 아니라고 봐."

아아, 괴롭다.

사실은 이런 말을 하고 싶지 않다.

임부에 대해 깊이 생각해준 탓군을 멋진 아빠라고 마구 칭찬하고 싶다.

기뻐라, 사랑해, 쪽! 하면서 전부 치워버리고 러브러브한 시간을 마음껏 보내고 싶다.

하지만—— 말해야 한다.

말하지 않으면 앞으로도 같은 일을 반복해버릴 것 같으니까.

"나를 위해 탓군이 자신의 인생을 희생해도 전혀 기쁘지 않아."

"……희, 희생이라니, 과장이에요……. 오늘은 정말로 처음이라 사소한 세미나라서."

"글쎄? 사소하지 않은 세미나나 중요한 면접 또는 시험…… 그런 때도 지금의 탓군은 나를 우선해버리는 거 아니야?"

지금의 나를.

임신한 나를.

"그, 그건……."

말문이 막히는 탓군.

자만이 아니라—— 정말로 그렇게 생각한다.

정식으로 사귄 지 아직 몇 달밖에 지나지 않았지만, 알고 지낸 시간 자체는 10년이 넘는다.

그래서 탓군이 어떤 인간인지는 알고 있다.

원래 그는 누구보다 나를 소중히 여긴다.

자기 일보다 내 일을 가장 우선시한다.

임신이 발각된 뒤로는 한층 그 경향이 강해졌다.

"하지만…… 어쩔 수 없는걸요."

고통스러운 듯한 얼굴로 탓군이 말했다.

"지금의 저에게…… 아야코 씨와 배 속의 아기보다 더 중요한 건 없어요. 제 구직활동같은 것보다 훨씬 더……. 아야코 씨가 혼자서 견디고 계시는데 저 혼자 제 일만 생각하다니."

"알아. 그러니까…… 뭐라고 해야 하지, 균형을 잡으라는 거야."

"균형……."

"만약 나에게 죽음을 목전에 둔 위기가 닥친다면, 그야 그때는 구직활동보다 날 우선해주길 바라지만…… 그래도 오늘 정도라면 구직활동을 더 우선해도 된다고 봐."

……아니, 뭐. 따지고 보면 내가 입덧 때문에 집안일을 모조리 미뤄놓고 있었던 게 원인이지만 그건 일단 제쳐놓고.

"아이는 중요하지만, 더없이 중요하지만…… 구직활동도 중요해. 탓군의 인생도 정말로 중요하니까."

"제, 인생……."

"탓군. 나는 지금 아주 행복해."

나는 말했다.

배 위에 손을 올리고 말했다.

"갑작스러운 임신이었지만…… 행복을 느끼고 있어. 오랜 꿈이

이뤄진 것 같은 기분이야. 이것도 다── 전부 탓군 덕분이야."

"어……."

"탓군이 진심으로 임신을 기뻐해 줬으니까, 그리고 임신한 나를 진심으로 위하고 다가와줬으니까…… 이렇게나 만족스러울 수 있는 거야."

"……아니, 하지만 그건 당연한 거잖아요."

"그걸 당연하다고 생각해주는 게 기쁘단 소리."

여전히 겸손해하는 그에게 단호하게 말했다.

내가 얼마나 고마워하는지 정성스럽게 전했다.

"그러니까 나를 생각하는 것만큼── 탓군 자신도 소중히 여겨줘."

"저 자신……."

"앞으로 출산까지 고생을 많이 하게 될 거야. 출산한 뒤에는 훨씬 고생일지도 몰라. 탓군이 단단히 협력해주지 않으면 절대 못 버틸걸."

"…………."

"하지만, 그래도── 그 때문에 탓군이 자신의 인생을 희생하는 건 좀 싫어."

"…………."

"나를 염려한 나머지 구직활동이라는, 인생에서 아주 중요한 이벤트를 소홀히 해서 원하던 기업에 들어가지 못하거나 가고 싶지 않았던 업계에 가게 되거나…… 그런 식으로 구직활동에 실패하면 속상하잖아. 내가 임신해버리는 바람에 탓군의 발목을 잡은 것 같아서."

"그, 그렇지 않."

"탓군."

나는 말했다.

"부탁이니까 더 자기 자신을 생각해."

그건 나의── 진심에서 우러나온 소원이었다.

여태까지 계속 무엇보다 나를 우선해준 그에게 바라는, 진심 어린 소망.

어느 의미 애정이고, 또 어느 의미로는 에고일 테지.

"물론 정말로 도움이 필요할 때도 있을 거야. 그때는 제대로 부탁할게. 그러니 그렇지 않을 때는…… 장래를 결정하는 이 중요한 시기에 탓군이 전력을 다해 자신의 인생과 마주 봤으면 좋겠어."

스물.

대학생.

구직활동 중.

지금 탓군은 인생에서도 꽤 중요한 시기에 서 있다.

임신 건으로 상당한 부담을 주고 말았다.

그렇기에 할 수 있는 일은 해주고 싶다.

거창한 건 못하고 의지해버릴 때도 많을 테지만, 적어도 '구직 활동 시간 만들기' 정도는 해주고 싶다.

"탓군은 하고 싶은 일을 해. 후회하지 않는 선택을 해줘. 그게 내 바람이기도 하니까."

어떤 직업이든 상관없지만, 하고 싶은 일을 하길 바란다.

물론 구직활동이 성공한다는 보장은 없고, 원하는 직업을 갖게 된다는 보장도 없다── 그래도 전력을 다하길 바란다.

전력을 다하게 해주고 싶다.

"······아니, 뭔가 참, 입덧으로 죽을락 말락 한 주제에 뭘 잘났다는 듯 설교하냐는 느낌인데······. 그래도 무리해서 자기 자신을 억누르지 마. 조금 더 나를 믿고, 기대도 괜찮으니까."

"···········."

"안심해. 아까도 말했지만 정말로 도와주길 바랄 때는 제대로 말할게. 제대로 의지할 테니까. 그러니까 탓군도······ 자신을 죽이지 말고, 제대로 나를 의지해 줘."

탓군은 잠시 침묵한 뒤.

"감사합니다."

가볍게 머리를 숙였다.

"······아야코 씨의 말씀이 맞아요. 저도 좋지 않다고 생각했어요. 지금의 어중간하고 애매모호한 상황은."

다시 고개를 들고 나를 똑바로 바라보았다.

"한 번 진득하게 생각해 볼게요. 제 인생에 대해, 제 장래에 대해."

"응. 그게 좋다고 봐."

나는 가슴을 쓸어내렸다.

아아, 다행이다.

이제 탓군도 제대로 구직활동에 집중하겠지.

그런 식으로 안도했다.

결론부터 말하자면…… 물렀다.

알고 있다고 생각했지만, 아무래도 나는 아직 탓군이라는 남자의 본질을 알지 못했던 모양이다.

사흘 뒤.

탓군은 할 말이 있다면서 우리 집에 왔다.

오늘은 입덧이 그리 심하지 않았기에 평범하게 의자에 앉아 탁자를 사이에 두고 마주 보았다.

그렇게 그가 이야기한 내용에── 나는 간이 쿵 떨어졌다.

"──구, 구직을 그만둔다고……?!"

경악해서 목소리가 뒤집힌 나와 달리.

"네."

탓군은 힘차게 고개를 끄덕였다.

그 눈동자에는 일말의 망설임조차 없다.

완전히 개운한 표정이다.

"그, 그만둔다니…… 무슨 소리야?"

"그만두는 거죠. 깔끔하게."

"…………."

"신졸(신규 졸업자의 줄임말. 일본의 기업은 졸업한 학생을 그해 4월에 바로 고용하기 위해 전년도에 미리 졸업 예정자를 대상으로 내정을 채우곤 한다.)로 취직하는 건 포기하려고요. 대학만큼은 일단 졸업할 생각이지만요."

"어, 어어……?"

나는 당황을 숨길 수 없었다.

도무지 대화에 따라갈 수 없다.

"그, 그럼 탓군…… 졸업한 뒤엔 어떡하려고?"

반사적으로 묻자 탓군은 주저 없이 대답했다.

"저 주부(主夫)가 되려고 합니다!"

"주, 주부?!"

또다시 목소리가 뒤집히고 말았다.

"주부가 되어서 육아와 집안일을 담당하며 아야코 씨를 내조하고 싶어요."

"…………."

"아, 물론 평생 전업주부로 지내고 싶다는 건 아니지만요. 그래도 몇 년 동안 주부 일에 전념하면서 육아가 좀 안정된 후에 다시 취직처를 찾는 게 이상적일 것 같아요."

"…………."

아직 놀란 가슴이 진정되지 않은 나에게 탓군은 희희낙락 이야기했다.

"아야코 씨 덕분에 저도 드디어 제가 하고 싶은 일을 찾았어요."

"……어?"

나?

내 덕분?

"사흘 전에 아야코 씨의 말을 듣고 저도 진지하게 생각했거든요. 제 인생과 장래에 대해. 제가 정말로 하고 싶은 일은 뭔지…… 그리고 알았죠."

탓군은 말했다.

계시라도 받은 듯 확신에 찬 얼굴로.

"제가 하고 싶은 일은── 아야코 씨의 버팀목이 되는 것이에요!"

"……어어어?!"

그쪽?!

그쪽으로 가 버리는 거야?!

"……아, 아니, 아니야."

붕붕 도리질했다.

"뭔가 이상하다고! 내 일은 생각하지 않아도 된다고 했잖아.

!?

나에 대해서만 생각하지 말고, 탓군이 정말로 하고 싶은 일을 해달라고…….

"생각했죠. 아야코 씨를 전혀 고려하지 않고, 아주 자기본위적으로 생각했습니다. 그 결과── 역시 아야코 씨의 힘이 되고 싶다는 결론이 나왔어요."

"…………."

"애초에 지금 상황에서 구직활동을 해봤자 집중할 수 있을 것 같지 않고요……. 아무리 신경 쓰지 말라고 하셔도 신경 쓰이고……. 그렇다면 아예 구직활동을 싹 관두고 주부에 전념하는 게 좋을 것 같아서요."

"…………."

너무 과감해!

결단력이 어마어마해!

"어, 어…… 그게."

어쩌지.

완전히 예상하지 못했다.

나는 탓군이 구직활동에 집중해서 원하는 직업을 갖는 걸 바란 건데…… 너무 놀라운 전개다.

설마 구직활동을 그만둔다니.

설마── 나에게 취집하다니!

"……저는 일하시는 아야코 씨도 좋아해요."

충격에서 벗어나지 못한 나에게 탓군이 담담히 이야기했다.

"석 달 동안 진지하게 일하는 아야코 씨와 같이 살면서……
아야코 씨가 얼마나 지금 일을 좋아하고 소중히 여기는지 잘 알
았습니다. 그래서…… 이번 임신으로 일에 영향이 간다고 생각
하니 너무 답답해서요…….."

그건―― 어쩔 수 없는 일이라고 생각했다.

임신했으면, 아이를 낳아 키운다면 일은 어느 정도 줄여야만
한다.

뭐 지금은 옛날과는 다르고 우리 회사는―― 오이노모리 씨는
여성의 임신이나 출산으로 인사평가를 바꾸거나 하지 않을 테
지만, 그렇다고 해도 한계는 있다.

지금처럼 일에 전력투구할 수는 없겠지.

하물며 탓군의 구직활동이나 신입 시기와 겹치면 육아는 아무
래도 내가 중심이 된다.

각오했었고, 어쩔 수 없다고 생각했다.

그런데――.

"……그럼 역시 나를 위해서잖아."

"아니에요. 절 위해서죠. 일하는 아야코 씨를 좋아하니까, 아
이가 태어나도 전력으로 일하셨으면 좋겠어요. 그걸 옆에서 내
조하며 지켜보고 싶어요. 게다가."

탓군은 말을 이었다.

"후회하지 않는 선택을 하고 싶거든요."

후회하지 않는 선택.

그건 며칠 전에 내가 했던 말이다.

"지금 이 시간, 가장 중요한 이 시기에 아야코 씨와 아이를 위해 전력을 다하지 못한다면…… 저는 평생 후회할 거예요."

탓군은 망설임 없는 눈동자로 말했다.

"그러니까 부디 제가 아야코 씨를 내조하게 해주세요."

"…………."

나는 할 말을 잃어버렸다.

감격에 겨웠다고 말해도 될지도 모른다.

아아.

뭘까.

옛날부터 아는 사이고, 사귀게 되고…… 나는 누구보다 탓군에 대해 잘 안다고 생각했는데── 아무래도 그건 자만이었던 모양이다.

나는 아직도 잘 몰랐다.

이 청년이 나에게 바치는 애정의 깊이를──.

"정말, 탓군은 역시 탓군이구나."

"……칭찬인가요? 혼내시는 건가요?"

"둘 다?"

나는 후후 웃었다.

"전업주부라……. 전혀 예상하지 못했지만, 그게 탓군이 정말로 바라는 일이라면 진지하게 검토해야겠네."

"네……. 하지만…… 그래도요. 아야코 씨가 반대하시면 또 재고해볼게요. 그럴싸한 소리처럼 들려도 실제로는 '저는 일 안 할 테니까 부양해주세요'라고 말하는 거나 마찬가지니까요……."

"부양이고 뭐고, 지금은 그런 시대도 아니잖아? 집안일이나 육아도 어엿한 노동이야. 밖에서 돈을 벌어오는 쪽이 대단한 것도 아니니까."

물론 그건── 주부도 마찬가지.

흠.

전혀 상상하지 않았던 미래지만, 의외로 나쁘지 않을지도 모른다.

이 집은 언니 부부가 산 집이지만 두 사람의 생명보험으로 대출은 완납했다. 미우의 대학 등록금도 꾸준히 납부해 온 학자금 보험이 있다.

저금도 사실 제법 된다.

출산 후에 처음 해보는 육아와 동시에 필사적으로 맞벌이를 할 바에야 탓군을 취집시켜서 가정주부의 일을 맡기는 게 몸도 마음도 건강할 수 있을지도 모른다.

애초에 나 같은 재택 근무자는 평범하게 출퇴근하는 사람에 비해 어린이집에 당첨되기 어렵다고 하니…… 만에 하나 어린이집에 탈락하면 최악의 경우 일을 그만둘 수밖에 없다고 생각했는데…… 탓군이 주부로서 봐준다면 이런 종류의 걱정도 전부 해결된다.

음, 괜찮네.

아니, 오히려…… 그게 더 좋은 선택일지도.

둘이서 같이 육아하고, 나는 일도 열심히 하고, 탓군은 집안일과 육아에 전념하며 가끔 미우도 우리를 도와주고——.

어라?!

좋은데!

이거 되게 좋지 않아?!

뭔가 지금 이상적인 가족의 모습이 보인 느낌이 들어!

이보다 더 좋을 수 없을 만큼 완벽한 느낌이 들어!

"……으음."

조금 들뜬 마음을 가라앉힌 뒤 헛기침으로 분위기를 다시 잡았다.

"탓군의 희망 사항은 잘 알았어. 주부가 된다는 선택을 긍정적으로 검토해볼게. 이것저것 따져봐야 하니까."

"알고 있어요. 제대로 대화해서 맞춰봐요."

"응. ……하지만 우리끼리 대화하기 전에…… 먼저 탓군의 부모님을 설득해야지. 구직활동을 그만두고 주부가 된다고 말씀드리면 어떻게 반응하실지……."

대학까지 보낸 아들이—— 구직활동을 그만둔다.

구직활동에 압도적으로 유리한 최강의 패 '신졸'을 버리고 주부가 된다.

그런 선택을…… 부모가 찬성할 리 없다.

내가 부모라면 반드시 반대한다.

……나는 그렇지 않아도 그의 인생을 마구 꼬아놓고 있으니, 졸업 후의 진로까지 휘저어놓으면 얼마나 큰 원망을 받아도 불평할 수 없다.

아주아주 신중하게 설득해야지——.

"탓군의 부모님이 맹반대하시면…… 이 건은 첫 단계로 돌아가는 걸로……. 아무래도 역시…… 이런 건 부모님도 관련이 있는 문제니까."

"……그럴, 지도 모르겠, 네요."

탓군은 침통한 얼굴로 고개를 끄덕였다.

"부모님을 위해 취직하는 게 아니라고 반론하고 싶지만, 그건 아마 세상 물정 모르는 어린아이의 생각이겠죠. 부모님의 돈으로 대학에 다닌 셈이니까. 게다가 저도…… 제 부모님이 소중하고요. 실망시키고 싶지 않아요."

"이해해줬구나. 다행이——."

응?

어라?

뭔가 이런 흐름이 전에도 있었던 것 같은데.

"하지만 안심하세요! 아야코 씨는 분명 그런 걸 신경 쓸 거라고 생각해서——."

기시감 같은 혼란에 빠진 나에게 탓군이 주먹을 불끈 쥐고 선언했다.

"부모님은 미리 설득해뒀습니다!"

"……또 그 패턴?!"

나에게 고백하기 전에 부모님에게 허락을 받아났을 때와 완전히 똑같은 패턴.

역시라고 해야 하나.

변함없이 수완이 너무 좋다.

아무래도 탓군이 주부가 되는 건 이미 확정인 모양이다.

제3장
마지막과
역바니

♥

12월 하순에 접어든 무렵에는 내 입덧도 상당히 누그러들었다.

완전히 가라앉은 건 아니지만 피크일 때보다는 훨씬 낫다.

나는 오래 끄는 타입이 아니라 한꺼번에 확 오는 타입이었던 모양이다.

그리고 나 나름대로 입덧 대책법을 알게 된 것도 크다고 본다.

이 타이밍에 먹으면 안 된다거나.

졸리면 무리하지 말고 자는 게 낫다거나.

그런 걸 점점 이해하게 되었다.

컨디션이 괜찮아지자── 해야 할 일은 많이 있다.

예를 들어 병원 관련.

산부인과 자체는 도쿄에서 돌아와 바로 정했지만, 아직 정해야 할 것이 산더미다. 최근엔 옛날과 다르게 선택지가 많다. 무통분만에 자택분만 등 다양하게 조사해서 고민해봐야 한다.

예를 들어 아기용품.

출산은 아직 한참 뒤라고는 해도 일찌감치 조금씩 갖춰놔야겠지. 또 양측에 부모님이 건재하니 어느 쪽이 뭘 사는지도 문제다. '유모차는 친가, 유아용 카시트는 외가' 같은 식으로 손주에게 선물할 권리를 미리미리 분배해야만 한다.

그리고 예를 들어── 업무 조절.

『아하하! 그래, 전업주부라. 이거 한 방 먹었는데.』

전화기 너머의 오이노모리 씨는 호쾌하게, 아주 재미있다는 듯 웃었다.

몸 상태도 안정되었으니 재차 이후 업무에 관해 상담하려고 했는데, 흐름 상 탓군의 진로 이야기도 나오게 되었다.

내가 먼저 이야기한 게 아니라 오이노모리 씨 쪽에서 물어봤다.

인턴을 소개해준 사람이기도 하니 이번 임신 일로 탓군의 진로가 어떻게 될지 궁금했던 거겠지.

『이야, 역시 대단하다고밖에 못하겠는데. 아테라자와는 늘 내 예상을 뛰어넘는 결단을 내려. 참으로 재미있어.』

"그러게 말이에요."

『그가 네게 바치는 사랑의 깊이에는 감탄만 나올 정도야.』

"에이, 아하하."

『……후후. 이런 말을 해도 쑥스러워하지도 부정하지도 않고 순수하게 기뻐하다니……. 카츠라기도 많이 안정되었는걸. 원숙함이 묻어난다고 할까.』

"그야 뭐…… 아이도 태어나니까요."

언제까지고 츤데레 같은 반응을 보일 수도 없다.

풋풋한 커플의 시간은 슬슬 끝.

안정적으로 여유를 갖고 가정을 꾸려나가는 걸 생각해야지.

『저런. 30대에 중학생 같은 연애를 하는 널 놀리며 즐길 수 있는 시기도 끝났다는 건가. 아쉬운걸.』

"그렇게 말씀하셔도……."

『하지만 아테라자와가 전업주부라. 전혀 예상하지 못했지만……
흠. 생각해 보면 최선의 결단 같기고 해. 솔직히…… 육아와 구직
활동을 양립하는 건 아주 어렵다고 보거든.』

"……그, 그런 건가요. 역시."

『카츠라기는 10년간 미우의 어머니 노릇을 해 왔지만…… 출
산 후의 육아는 처음이잖아? 그건…… 뭐, 전쟁이지.』

실감이 담긴 절실한 어조로 말한다.

오이노모리 씨도 한때는 육아를 했었다. 아유무와는 두 살이
되기 전에 헤어졌다고 들었지만── 바꿔 말하자면, 그때까지
는 제대로 키웠다는 소리다.

『출산으로 체력이 떨어진 날부터 3시간도 푹 잘 수 없는 지옥
이 시작되니까……. 남편이 도와준다고 하지만 젖병 물리는 법
도 기저귀 가는 법도 하나부터 가르쳐야만 하니 내가 하는 게
빠르고, 사소한 언동이 전부 거슬리지. 애초에 '돕는다'는 태도
인 시점에서 '돕는다니 뭔데? 두 사람의 아이잖아?'라고 반론하
고 싶어지거든. 하물며 내 경우는 10년도 더 전의 일이니……
무엇보다 저쪽 부모가 전근대적인 사람이었으니까. '남자에게
육아를 시키다니, 그러고도 어머니냐' 같은 소릴 수도 없이 들었
지……. 아아, 힘들었어.』

"우, 우와……."

아무 말도 할 수 없다.

오이노모리 씨도 굉장히 고생하며 0살인 아유무를 키웠던 모양이다.

언니가 미우를 키우며 갈려 나가는 걸 가까이서 봤기 때문에 어느 정도는 안다고 생각했지만…… 막상 내가 어머니가 되면 상상을 초월하는 고생이 기다리고 있겠지.

『카츠라기도 내 맘대로 걱정하고 있었는데…… 아테라자와가 주부가 되어 보좌한다면 안심이야. 착실하고 성실한 남자니까. 주부가 된다면 뭐든 철저하게 해주겠지.』

"그렇단 말이죠. 뭔가, 주부가 되겠다고 정한 뒤로 아주 의욕이 넘치더라고요. 요리 공부도 시작하고, 가계부를 쓰는 연습도 하고……."

특히 가계부가 굉장했다.

나는 상당히 대충 쓰는 편인데…… 탓군은 최신 애플리케이션으로 뭔가 이것저것 하고 있었다.

수입과 지출을 전부 시뮬레이션하고, 심지어 가입한 보험이며 전기료 요금제도 점검해주고.

『근면 성실하고 우수한 젊은 남편이 하나부터 열까지 내조해준다는 건가. 부러운걸. 모든 직장여성이 꿈꾸는 이상적인 결혼 그 자체잖아.』

"······정말로요."

웃음밖에 안 나왔다.

"그래서 조금 면목이 없더라고요. 저만 하고 싶은 일을 하는 것 같아서요. 탓군이라면······ 분명 사회에 나가서도 대활약할 수 있을 텐데."

『그가 주부가 되고 싶다고 한 거잖아?』

"그건 그렇지만요."

『뭐, 마음은 이해해. 하지만 그렇게까지 걱정할 일도 아니야. 신졸로 취직하지 않는다고 사회인의 길이 영원히 닫히는 건 아니니까. 육아가 일단락된 뒤에도 일하려고 마음먹는다면 일할 수 있어.』

탓군도 같은 말을 했다.

육아가 일단락되면 일하는 것도 검토하고 싶다고.

『옛날처럼 신졸이 절대적으로 유리한 시대도 아니게 되었으니까. 그러면 어디서든 잘하겠지. 여차하면 우리 회사에서 일하게 해도 되고. 아테라자와라면 대환영이야.』

"또 그렇게 회사를 자기 것처럼······."

『사장으로서 냉정하게 판단한 결과다만? 뛰어난 인재를 고용하는 건 회사에 이득이야.』

탓군의 평가가 아주 높았다.

으음, 뭘까.

여느 때라면 이런 식으로 원맨 사장 같은 소릴 꺼냈을 때는 지적하는 게 내 역할인데…… 오늘은 단순히 기뻐서 아무 말도 나오지 않았다.

에헤헤.

응응. 아무래도 탓군은 굉장하지!

역시 오이노모리 씨, 잘 아시잖아. 에헤헤헤.

『여하간 카츠라기가 출산한 뒤에도 열정적으로 일해준다면 우리도 만만세지. 아테라자와에게 감사해야겠어.』

만족스럽다는 듯 말하는 오이노모리 씨였다.

앞으로의 이런저런 일들에 대해 한차례 상의한 후.

『그런데 카츠라기.』

오이노모리 씨가 말을 꺼냈다.

『아테라자와하고…… 그쪽 방면은 어떻게 되었지?』

"그쪽 방면이요?"

『뻔하잖아. 밤일 말이야.』

"……컥."

사레들리고 말았다.

"자, 잠깐만요…… 무슨 소릴 하시는 거예요, 갑자기…….."

『아니, 진지한 이야기야. 의외로 진지한 이야기거든.』

부끄러워하는 나에게 오이노모리 씨는 태연하게 말을 이었다.

『실제로 어떤데? 임신이 판명된 뒤로 아테라자와와의 밤 생활은.』

"……어, 없는데요. 있을 리가 없잖아요."

석 달 동안 동거하면서 우리의 관계는 한 걸음 앞으로 나갔다.

하지만 임신이 판명된 뒤로—— 일절 그런 일은 없어졌다.

누가 먼저 말을 꺼낸 게 아니라 자연스럽게 사라졌다.

뭐라고 하지…… 그런 분위기가 조성되지 않는다고 할까.

"애초에 저는 아직 안정기에 들어가지 않았으니까요…… 그런 행위는 NG라고요. 탓군도 제대로 알고 있으니까 전혀 요구하지 않고……."

『……역시나. 예상한 대로군.』

깊이 낙담한 한숨을 내쉬는 오이노모리 씨.

『그거 아나? 카츠라기. 아내의 임신 기간은—— 남편이 가장 한눈팔기 쉬운 시기라고 해!』

"——?!"

충격을 받는 나.

"……네? 네? 아니, 어째서……?"

임신 기간은 여성이 가장 힘든 시기인데.

그런데 왜 바람 같은 못돼먹은 짓을……!

『사람에 따라 다양한 사정은 있겠지만…… 아마도 부부생활이 사라지는 것도 이유 중 하나겠지. 여성은 입덧과 임신으로 인한 불안 때문에 남편을 상대할 여유가 없어져. 아내가 상대해주지 않게 된 남자는 다른 여자에게 가 버린다는 거다.』

"……!"

『임신한 걸 안 뒤로 한 번도 관계가 없었다는 건, 이미 한 달 넘게 아테라자와를 금욕시키고 있다는 거잖아? 스무 살의 남자…… 그것도 여자의 맛에 갓 눈뜬 남자에게 그건 가혹한 일이지. 다른 여자에게 한눈을 팔아도 이상하지 않아.』

"……괘, 괜찮아요! 탓군만큼은 그럴 리 없으니까요……. 저, 저는 탓군을 믿어요!"

괜찮다.

탓군이라면 반드시 괜찮다.

바람 피울 리 없다.

나는 그를 믿는다!

『……확실히 그는 괜찮겠지.』

어딘가 의미심장한 어조로 말하는 오이노모리 씨.

『아테라자와 타쿠미는 파트너가 임신했을 때 바람을 피우는 쓰레기가 아니지. 그 부분은 틀림없어. 그는 설령 어떤 상대가 유혹한다고 해도 끝까지 네게 순애를 바칠 거다.』

"…………."

『탱탱한 또래든, 쭉쭉빵빵한 연상이든 그는 절대 흔들리지 않지. ……아, 쭉쭉빵빵한 연상은 그냥 너인가.』

누가 쭉쭉빵빵 연상녀냐.

『설령 정력이 3천 배가 되는 약을 먹이고, 한 달 동안 금욕시키고…… 그런 극한 상태에서 눈앞에 극상의 미녀를 대령해도 그는 너 말고 다른 여자를 안지는 않을 거다.』

무슨 상황인데?!

신뢰도가 굉장하다는 건 알았지만 무슨 상황인데?!

『카츠라기.』

오이노모리 씨가 진중한 어조로 말했다.

『아테라자와를 계속 참게 해도 괜찮겠어?』

"참게……."

『10년 넘게 널 짝사랑했고, 다른 여자에겐 눈길도 주지 않고 동정을 지키고, 그렇게 간신히 관계를 맺었는데…… 직후에 임신해서 한동안 보류……. 이래서야 아무리 그래도 불쌍하잖아. 몇 년씩 계속 망상하고 애타게 갈구했던 네 육체를 드디어 맛볼 수 있게 되었는데…… 그 직후에 또 금욕 생활이라니.』

"그, 그렇게 말씀하셔도…… 어떻게 해야 하는데요?"

바람을 피워도 어쩔 수 없다는 거야?

아니면── 업소를 허락하라는 거야?

둘 다 죽어도 싫어──.

『간단해. 네가 제대로 상대해주면 되지.』

"……네? 하, 하지만 안정기에 들어갈 때까지는……."

『임신 중에 자중하는 게 좋다는 건 직접적인 성행위고. 여자에게는…… 있잖아. 그 외에도 남자를 만족시켜줄 방법이 얼마든지.』

"……~~?!"

무슨 소리인지 그제야 이해한 나는 얼굴이 새빨개졌다.

"아, 아니! 그건…… 네~~?!"

즉…… 봉사라고 해야 하나, 서비스라고 해야 하나.

그런 아하항 으흐흥으로 탓군을 만족시켜주라는 소리…….

"아니…… 아니, 그건…… 아니……."

『그렇게 부끄러워할 일도 아니야. 오히려 중요한 부분이지. 부부에겐 소중한 커뮤니케이션이잖나.』

오이노모리 씨는 지극히 진지한 어조로 말했다.

『바람 피우는 남자를 옹호할 마음은 털끝만큼도 없지만…… '임신 중이니까 섹스는 안 해. 상대할 여유도 없어. 하지만 바람은 피우지 마'라는 건, 조금은 남자에게 동정심이 들기도 하거든. 바람이나 업소로 성욕을 처리하고 싶어지는 마음을 이해하지 못하는 건 아니야.』

"……무, 무슨 말씀인지는 알았지만요."

대충 알았다. 확실히 임신한 뒤로 나는 그런 커뮤니케이션을 소홀히 했던 건지도 모른다.

"하지만…… 그렇다고 해도 갑자기 그러는 건……. 뭐라고 하지, 요즘 전혀 그런 분위기가 아니라서요……."

동거할 때는 상당히 가까운 거리감으로 찰싹 붙어있었지만,

임신이 판명된 뒤로 탓군은 내 몸을 무척 염려하게 되어서……
기쁜 반면 스킨십이 줄어서 허전하기도 했다.

『걱정할 필요 없어. 그럴 줄 알고── 이쪽에서 비밀병기를 준
비해놓았으니.』

"비, 비밀병기?!"

『어제 보냈으니 내일이면 도착할 거다.』

"발송 완료?! 자, 잠깐만요…… 그런 거 필요 없어요."

오이노모리 씨가 준비한 비밀병기라니.

필요 없다.

진심으로 필요 없다.

불길한 예감밖에 안 들어!

이 패턴은 파악했다고!

"어차피 또 저를 살살 꼬드겨서 부끄러운 옷을 입히려고 하는
거죠? 그렇게는 안 될 거예요!"

『흠. 뭐 부정은 안 하지만. ……그래도 카츠라기.』

잠깐 침묵했다가, 가라앉은 어조로 말을 이었다.

『이게…… 마지막이야.』

"네……?"

『이게 정말로 마지막이라고.』

같은 말을 반복한다.

당부하듯이, 곱씹듯이.

"뭐, 뭐가 마지막인데요?"

『뭐냐니…… 아테라자와와 둘이서 기쁘고 부끄럽고 즐거운 이벤트로 러브러브할 수 있는 기회 말이다. 아이가 태어나면 더는 그런 일을 할 여유는 사라지잖아? 단순한 커플이 아니라 아버지와 어머니가 되어야만 하니까.』

아, 그런 의미인가.

뭔가 다른 의미가 있는 줄 알았다.

7권 정도 연재한 라이트노벨이 완결 날 때와 같은 분위기로 말해서 무슨 일인가 했네.

『마지막 추억을 만드는 거라고 생각하면 돼. 두 사람이 아직 커플일 때, 마음껏 바보가 되는 것도 나쁘지 않잖아?』

"…………."

『이제 다시는 이런 기회는 없을지도 몰라. 이게 마지막이야.』

"…………."

결국 이렇게 조금 생각하는 시점에서 나는 오이노모리 씨의 유혹에 넘어간 거겠지.

확실히 이게 마지막이라는 생각이 들기 시작한 시점에서…… 나도 익숙해졌다고 해야 하나, 수치심이 점점 약해졌다고 해야 하나.

지금까지 몇 번이나 부끄러운 옷을 입었던 나지만 아무래도 이게 마지막인 모양이다.

카츠라기 아야코의 마지막 부끄러운 차림새, 라는 거다.

♠

그날 나는 아야코 씨에게 부름을 받았다

집에 와 달라고 했다.

이유는…… 가르쳐주지 않았다.

아무것도 묻지 않고 그녀의 집에 가면 된다고 한다.

어쩌지.

뭔가…… 불길한 예감밖에 안 드는데.

여태까지 겪은 경험이 가르쳐준다.

이런 말을 꺼냈을 때의 아야코 씨는…… 대체로 무언가 이상한 짓을 한다.

기본적으로는 상식인이고 신중파인 그녀지만…… 가끔, 아주 가끔 이상한 방향으로 액셀을 밟을 때가 있다.

이번은 그 패턴일 가능성이 몹시 크다.

덤으로.

오늘 아침 내 방에서 아무 생각 없이 바깥 풍경을 봤다가…… 아야코 씨의 집에 택배가 오는 걸 목격하고 말았다.

오전에 그런 것을 본 뒤에 오후 호출.

으음.

불길한 예감밖에 안 들어.

"……뭐, 갈 수밖에 없지만."

거절한다는 선택지는 처음부터 없다. 어쩌면 정말로 중요한 용건일지도 모르고, 불렀으면 얌전히 가야지.

결의를 다진 뒤 옆집으로 향했다.

초인종을 누르자 아야코 씨에게서 메시지.

'문 안 잠갔으니까 들어와'라고 했기에 그대로 안에 들어갔다.

오늘은 평일이라 미우는 학교에 갔다.

나는 조금 일찍 겨울방학에 들어간 상태다. 구직활동을 그만 두고 주부가 된다는 결단을 내리자 순식간에 스케줄에 여유가 생겼다. 물론 그냥 놀기만 한 건 아니고 주부가 되기 위한 공부를 하거나 단기 아르바이트를 잡기도 했지만.

복도를 걸어 거실로 향했다.

"들어갈게요."

일단 양해를 구하고 문을 열었다.

"아야코 씨——."

들어간 순간 시간이 멈췄다.

가장 먼저 느낀 건 조금 높은 실내온도. 아무리 겨울이라고는 해도 이 정도면 덥다. 에어컨을 28도 정도로 설정한 게 아닐까. 커튼도 꼭꼭 닫아놔서 어딘가 압박감이 느껴진다.

하지만 그런 실내의 위화감은—— 즉각 안개처럼 사라졌다.

시각적 임팩트가 너무나도 굉장했다.

"어…… 어……"

말이 안 나온다.

충격이 큰 나머지 언어중추가 고장난 것 같다는 생각이 들 정도로.

거실에는 아야코 씨가 있었다.

내가 세상에서 제일 사랑하는 사람이 있었다.

하지만 그 모습은──.

"……아, 아야코다뀨".

그녀는── 말했다.

죽도록 부끄러워하는 얼굴로, 죽도록 부끄러운 말을 했다.

두 손을 머리 위에 들어 귀를 만들고 살짝 폴짝거리는 동작도 넣으면서.

"…………"

지금 그녀의 모습을 한마디로 표현한다면── 영락없는 바니걸이다.

토끼 귀를 흉내 낸 머리 장식.

목에 단 리본.

하얀 장갑.

검은 타이즈.

몸에 장착한 각종 요소가 소위 정통 바니걸과 흡사했다.

하지만—— 다르다.

내가 아는 바니걸과는 절대로 다르다.

뭐라고 하지—— 반대, 다.

반대.

전체적으로 반대 형태다.

뭐가 반대냐면—— 가리는 부위가.

통상적인 바니걸은 몸통에 딱 붙는 하이레그 수트를 입는 게 많을 것이다. 그래도 충분히 노출이 많고 지극히 과격한 의상이라 할 수 있다.

하지만 지금 아야코 씨가 입은 건—— 그것과는 정반대.

긴 소매와 긴 타이즈는 있는데 중앙이 없다.

통상적인 바니라면 수트로 가리는 부분이 알몸이었다.

물론 완전히 알몸인 건 아니고, 은밀한 곳은 가리고 있지만…… 그 가린 방식이 참으로 조마조마하다.

가랑이는 끈 같은 수영복으로 가까스로 가리고 있을 뿐.

가슴은…… 그냥 스티커다.

엑스 모양의 니플패치를 찰싹 붙여놨을 뿐이다.

거의 벗은 거나 다름없다.

"——!"

위험하다.

이거 너무 위험하잖아. 뭐지. 오직 남자에게서 정기를 쪽쪽 빨아먹기 위해 존재하는 듯한 에로에로 복장은……!

"어, 어때? 탓군……."

꼼짝도 못 하는 나에게 아야코 씨가 물었다.

말투는 평범하다.

딱히 어미에 매번 '뀨'를 붙이는 건 아닌 모양이었다.

"이런 거, 좋아해?"

아니…… 아니아니.

좋아한다거나 싫어한다거나 그런 차원의 문제가 아니다.

보기만 해도 있는 성욕 없는 성욕 모두 폭주해버릴 것 같다.

"뭐, 뭐 하시는 거예요, 아야코 씨……?"

가까스로 목소리를 쥐어 짰다.

"뭔데요, 그 알몸보다 부끄러운 옷은……."

"그, 그게."

"이런 한겨울에."

"큭."

"이런 대낮에."

"으윽."

"그것도 임신한 몸으로."

"……으, 으으."

울어버릴 듯 신음하는 아야코 씨. 동요한 나머지 그만 생각나는 걸 그대로 입에 담았더니 상당히 깊은 상처를 만들어버린 모양이었다.

충격 때문인지 그 자리에 무너지는 아야코 씨.

"……여, 여기에는 깊은 사정이 있는데."

일단 소파에 나란히 앉았다.

아야코 씨에겐 거실에 있던 담요를 덮어드렸다.

이런 알몸 같은 차림으로 있다가 체온이 떨어지면 큰일이다.

뭐, 실내온도를 높게 설정해놨으니 그렇게까지 걱정하진 않아도 될 거다. 아마…… 이 옷을 입기 위해 온도를 높인 거겠지.

"……즉 또 오이노모리 씨에게 넘어가셨다고요?"

"……응."

고개를 끄덕이는 아야코 씨.

이야기를 들어 보자 역시라고 해야 할까 흑막이 있었다.

상정했던 범주 안이다.

"뭐…… 그렇다면 어쩔 수 없네요. 오이노모리 씨의 말솜씨는 나라 하나를 홀랑 말아먹을 수 있을 만큼 굉장하니까요."

그렇다고 해도 굉장한 복장이라고는 생각하지만.

아야코 씨의 코스프레는 여태까지 여러 번 목격했지만…… 이번 의상은 지금까지 본 것 중에서도 특출난 느낌이다.

특출나게…… 야한 느낌이다.

"이거…… '역(逆)바니'라고 한대."

역바니. 그렇구나.

평범한 바니걸과 노출 부분이 반대라서 역바니인 건가.

"요즘 서브컬처 업계나 어덜트 업계에서 조금 유행하고 있다는데, 오이노모리 씨가 보내줬어."

이 위험한 의상, 유행하고 있구나…….

굉장한데. 인간은 이런 것도 만들어내는구나.

남자의 욕망이란 한도 끝도 없구나.

"나, 나도 역바니는 아무리 그래도 지나치다고 생각했거든. 이렇게까지 가는 건 그냥 변태잖아……!"

자각은 있었던 모양이다.

"하지만 오이노모리 씨가…… 이게 마지막이라고 해서."

"마지막…….”

"아이가 태어나면 여유가 사라지니까, 이런 식으로 둘이서 알콩달콩할 수 있는 것도 이게 마지막이라고."

아아, 그런 의미인가.

확실히 오늘의 아야코 씨에게서는…… 뭔가 그런 기개를 느꼈다.

각오라고 해야 할까, 과감한 결단 같은 것이.

'어차피 이게 마지막이니까 얼마나 과격한 짓을 해도 괜찮아.

마지막에 댑따 큰 불꽃을 쏴 올려서 손톱자국을 콱 남겨버려야
지. 편집부도 마지막 권이니까 용서해줄 거야.'라고 외치기라도
하듯 어딘가 자포자기가 된 듯한 각오가 느껴졌다.

"참 나…… 오이노모리 씨도 악랄하다니까."

나는 깊게 한숨을 쉬었다.

"제가 바람 피우는 걸 막기 위해서라니…… 그런 건 걱정하지
않으셔도 괜찮아요."

이야기를 들어 보니 그런 식의 화제로 오이노모리 씨가 부추
겨댄 모양이었다.

아내가 임신했을 땐 남편이 바람 피울 위험이 커진다는 등.

"이런 중요한 시기에 바람 같은 건 절대 안 피우니까요. ……앗,
아니, 어떤 시기든 저는 절대로 안 피울 거지만요! 하지만 특히 조
심해야 한다고 할까…… 아니, 조심이고 뭐고 바람을 피우겠다는
생각조차 안 하니까, 그러니까, 그게——."

"……알아."

말을 정정하던 도중 아야코 씨가 가로막듯 말했다.

"탓군은 바람 안 피우지. 그건 나도 알고, 믿어. 하지만 그렇다
고 해도…… 그런 탓군에게 너무 기대버리는 것도 안 좋으니까."

"…………."

"그야 탓군…… 역시 참고 있잖아?"

"네?"

"임신했다는 걸 안 뒤로⋯⋯ 그런 건 전혀 안 하게 되었고."

"그, 그건⋯⋯."

참는다고 한다면 확실히 참고 있기야 하다.

나도 한창 왕성한 나이의 남자다. 사랑하는 사람과 그런 일을 하고 싶다. 하물며 우리는 사귄 지 얼마 되지 않았고, 최근에 되어 간신히 거기까지 관계를 진전시킨 참이었다.

사실은── 하고 싶다.

매일이든 하고 싶다.

하루에 몇 번이든 하고 싶다.

하지만──.

"참고⋯⋯ 있기는 하지만요. 이럴 때 참는 게 평범한 거니까요."

"⋯⋯응. 나도 지금 탓군이 내 몸 상태를 무시하며 억지로 요구하면⋯⋯ 좀 실망할지도. 하지만 그래도⋯⋯ 그걸 당연하다고 생각하면서 안주하면 안 될 것 같았어. 그래서 이번에는 오이노모리 씨의 꼬드김에 일부러 넘어간 것도 있는데."

"⋯⋯⋯⋯⋯."

"물론 끝까지 하는 건 무리지만⋯⋯ 그, 뭐라고 하지⋯⋯ 다른 부분으로 만족시키는 거라면 가능할지도 모르니까."

"네?!"

다른 부분이라니. 나는 무심코 역바니를 입은 몸을 바라보았다. 아마도 '다른 부분'에 해당할 온갖 부분을.

"나는 탓군 말고는 경험이 없으니까 어디까지 할 수 있을지 모르지만…… 그래도 내가 할 수 있는 게 있다면…… 해주고 싶어. 좋아해 주면 나도 기쁘니까."

"……아야코 씨."

가슴속에 따뜻한 것이 퍼져나간다.

그녀의 마음이, 배려가 정말로 기뻤다.

"감사합니다."

깊이 머리를 숙였다.

"하지만 괜찮아요. 지금은 제게 마음껏 기대주세요. 제가 참고, 제게 의지하는 걸 당연하다고 생각하셔도 되니까요."

"어……?"

"지금은 자신의 몸을 가장 소중히 해야 하는 시기잖아요. 제게 사양 말고 기대주세요. 아야코 씨 자신을 가장 먼저 생각하며 무리만은 절대 하지 말아 주세요."

"탓군……."

"저를 염려해주시는 아야코 씨의 마음만으로도 충분히 기쁘니까요."

"……그, 그래."

아야코 씨는 어딘가 안도한 듯── 동시에 조금 쓸쓸한 듯 웃었다.

"어휴. 나도 참, 또 혼자서 좀 폭주해버렸나 보네. 아, 민망해라."

파닥파닥 손으로 부채질했다.

"이런 곳은 냉큼 갈아입──."

그렇게 말하며 일어나려는 순간 움직임이 멈췄다.

내가── 손을 잡았으니까.

조금 세게, 꽉.

"어……."

"…………."

"타, 탓군……?"

"가…… 갈아입으실 건, 없지 않나요?"

나는 말했다. 내가 듣기에도 놀랄 정도로 긴장한 목소리가 나와 버렸다.

"모처럼 입으셨으니까 그렇게 서둘러 갈아입지 않아도 되잖아요."

"……어?"

"조금만 더 그 모습으로 즐기고 싶다고 해야 하나…… 그 모습인 채 커뮤니케이션해보고 싶다고 해야 할까."

"…………어, 어어어?!"

내가 어떻게든 에둘러서 전하려고 한 말의 의미가 전해진 건지 아야코 씨는 얼굴이 새빨개져서 괴성을 질렀다.

"어라……? 하, 하지만 탓군…… 마음만으로도 충분히 기쁘다고."

"마음만으로도 충분하지만 아야코 씨의 이 모습은 굉장히 매력적이라서요."

"……무, 무리는 하지 말라고."

"무리만은 절대 하지 말아 주길 바라지만…… 무리하지 않는 범위에서 조금 더 이대로 계셔주셨으면 한달까."

"……아, 아아, 그렇구나, 그런 느낌……."

몹시 쑥스러워하는 아야코 씨. 나도 죽도록 부끄럽다. 실컷 멋진 소릴 늘어놓은 뒤에…… 결국 요구하고 말다니.

"……역바니, 좋았어?"

"너무 야해서 죽음을 봤어요."

"뭐, 뭐야 그게……. 에이, 탓군도 참."

부끄러워하면서도 어딘가 기쁘다는 듯 웃는 아야코 씨.

나도 이제── 이제는 안다.

사양하며 염려하는 것만이 상대방을 아끼는 게 아니다.

때로는 상대방을 믿고 마음껏 어리광부리는 것도 상대방을 존중하는 것으로 이어진다.

그러니까…… 오늘은 어리광부리자!

아니, 더는 무리야!

인내심의 한계!

이렇게까지 상을 차려놨는데 신사적으로 나갈 수 있겠냐!

"정말 탓군은 엉큼하다니까."

"그런 변태 같은 옷을 입은 사람이 하실 말씀인가요?"

"벼, 변태라고 하지 마!"

"괜찮아요. 저는 변태인 아야코 씨를 좋아하니까요."

"우와…… 안 기뻐."

영양가 없는 대화를 주고받으며 조금씩 손가락을 감고 몸을 바싹 붙였다.

역바니로 노출한 피부를 부드럽게 만지면서 서서히 얼굴을 가져가고 입술을 겹쳤다. 생각해 보면── 키스도 오랜만인 건지도 모른다. 동거할 때는 매일같이 했는데, 임신 사실을 안 뒤로는 완전히 감감무소식이었다.

아이가 태어나는 이상 언제까지고 닭살 커플로 지낼 수 없다.

부모가 될 각오를 다져야만 한다.

하지만, 그렇다고 해서 커플다운 모든 걸 버릴 필요도 없다.

"탓군…… 사랑해."

"저도요."

그 후 우리는 오랜만에 어른의 커뮤니케이션 시간을 가졌다.

물론 끝까지는 못 하기에 내내 내가 봉사 받는 형식이었다. 오랜만에 아야코 씨를, 역바니 의상을…… 이보다 더할 수는 없을 만큼 실컷 즐겼다.

딸이 아니라 나를 좋아한다고?!

제4장
성야와 서약

♥

　하얀 눈이 성야를 맞은 거리에 고요히 내려앉는다.

　오늘 밤은── 1년에 한 번뿐인 크리스마스 이브.

　카츠라기 가엔 딱히 크리스마스를 보내는 정해진 방식이 있는 건 아니다. 미우와 둘이 집에서 축하하기도 하고, 외식하기도 하고, 미우가 친구 집에서 하는 파티에 가기도 하고, 우리가 탓군에 집에 가기도 하고.

　다양한 패턴으로 크리스마스의 밤을 만끽했다.

　올해는── 내 몸이 몸인 만큼 외식은 기각. 몸을 너무 춥게 하지 않는 게 좋은데다 눈도 쌓였으니 미끄러지면 큰일이다.

　그래서 우리 집에서 파티하기로 했다.

　나와 미우와, 그리고 탓군 셋이서.

　탓군을 부르는 건── 이미 당연하다는 느낌.

　부르지 않는다는 선택지가 없다.

　나에게도, 그리고 미우에게도 그는 그런 존재가 되었다.

　"크흠, 그럼 대충 생략하고…… 메리 크리스마스!"

　미우의 성의 없는 인사에 맞춰 셋이서 건배했다.

　"하아, 맛있어라. 평범한 탄산 주스일 테지만 크리스마스에 마시면 왠지 맛있단 말이야."

　만족스럽다는 듯 샴메리(일본의 전국 샴메리 협동조합 산하 기업에서 판매하는 샴페인 풍 탄산음료의 총칭. 일본에서는 크리스마스 파티의 정석 음료 중 하나다.)를 마신 뒤 직접 한 잔 더 따르는 미우.

오늘의 음료는 셋 다 무알콜이다.

"탓군은 마셔도 괜찮아. 나에게 맞추지 않아도 되는데."

"아뇨, 괜찮습니다. 혼자만 마셔도 재미없으니까요."

"저기 타쿠 오빠. 이 닭 어떻게 먹으면 돼?"

"아, 잠깐 기다려. 지금 자를 테니까."

식탁에 늘어놓은 파티 메뉴의 중앙에 자리 잡은 커다란 로스트치킨.

닭 한 마리를 통째로 오븐에서 구워낸, the 크리스마스라는 느낌의 요리다.

탓군은 숙련된 손놀림으로 로스트치킨을 우리에게 나눠주었다.

"으음! 뭐야 이거. 맛있어."

"진짜 맛있네."

닭고기의 맛에 감동하는 나와 미우. 겉은 바삭바삭하고 속은 촉촉. 빈말이 아니라 정말로 근사한 맛이었다.

"다행이다. 연습한 보람이 있었네요."

탓군은 기쁘다는 듯 웃었다.

"타쿠 오빠도 정말 대단하다니까. 어느새 이렇게 굉장한 걸 만들 수 있게 되었잖아. 이젠 엄마보다 요리 잘하는 거 아니야?"

"자, 잠깐, 미우."

미우에게 태클을 건 뒤 이쪽을 향해 시선을 던졌다.

"아니, 저 같은 건 아직 멀었어요. 이것도 그냥 인터넷에 있는 레시피대로 만든 것뿐이니까요. 요령이 없어서 시간도 꽤 걸렸고요."

이쪽을 보며 허둥지둥 겸손한 말을 하는 탓군.

나는 여유롭게 '우후후' 하며 웃었지만…… 내심 심장이 벌렁거렸다.

그렇겠지…….

전업주부가 된다고 선언한 뒤로 탓군은 본격적으로 요리 공부를 시작한 건지 쑥쑥 실력을 늘리고 있다.

오늘의 크리스마스 파티 메뉴도 로스트치킨을 포함해 전부 탓군이 직접 만들었다. 샐러드에 키슈에 파스타까지…… 전부 만들어줬다.

그 솜씨는 이미 나와 호각이거나, 아니면 이미 추월했을지도…….

아앗, 뭔가 복잡한 기분.

이런 걸 의식하는 건 시대착오적인 소리일지도 모르지만, 남자가 더 요리를 잘하는 건 나 자신이 좀 한심한 기분…….

"타쿠 오빠도 빨리 우리 집에서 살면 좋을 텐데. 그럼 나도 요리랑 집안일 안 해도 되잖아."

"……나는 하인이 될 마음은 없어."

가볍게 쓴소리를 하고는.

"뭐, 하지만…… 그러게."

탓군은 잠시 생각에 잠긴 뒤 말했다.

"최대한 빨리 여기에 올 생각이야."

"그래?"

되묻는 미우에게 탓군은 고개를 끄덕였다.

"새해가 되고 날이 풀리면 이쪽으로 이사할까 해."

"오, 꽤 금방이네."

"뭐 이사한다고 할 정도는 아니긴 하지만. 바로 옆집이니까 조금씩 여기로 짐을 옮기는 느낌이 될 거야."

"우와, 어쩌지. 이 집에 남자 사람이 살게 된다니, 사춘기 딸로서는 좀 복잡한 기분. 목욕물 같은 거 같이 쓰자고 하면 싫은데."

"미안해, 참아줘."

익살스럽게 심술을 부리는 미우에게 웃으면서 대답하는 탓군.

당연하지만 미우도 반대할 마음은 없을 거다.

그가 이 집에 사는 것도── 그리고 그가 아버지가 되는 것도 제대로 받아들이고 있다.

"하지만 정말 괜찮아? 탓군."

나는 말했다.

"무리해서 서두르지 않아도 돼."

"무리하는 건 아니에요. 어차피 언젠가 살게 될 테니 빠른 게 좋다고 생각한 것뿐이죠."

"부모님도 탓군이 나가버리면 적적하실 텐데……."

"바로 옆집이니까 언제든지 만날 수 있는걸요. 게다가 오히려 최근엔 저희 부모님이 '빨리 이사해서 아야코 씨를 도와줘야지'라는 느낌이에요."

쓴웃음을 짓는 탓군.

탓군의 부모님과도 함께 몇 번 대화를 나눈 결과, 탓군이 이 집에서 같이 사기로 했다.

다양한 패턴을 검토해보고 그게 최선이라는 판단을 내렸다.

지금은 그 타이밍을 상의하는 상태.

뭔가── 놀라울 정도로 순탄하게 진행되고 있다.

탓군도 주변 사람들도 임신 중인 나를 가장 첫 번째로 생각해주는 것 같아서 왠지 몸 둘 바를 모르겠다.

정말로 축복받았고, 행복하다.

하지만──.

"…………."

불현듯.

진짜 불현듯 무서워진다.

말로 제대로 설명할 수 없지만…… 어쩐지 모든 게 너무 착착 잘 흘러가서 무섭다. 땅바닥에 발을 딛고 있지 않은 듯한 막연한 불안감이 있다.

물론 무언가 불만이 있는 건 아니다. 다들 나를 아껴주고, 나에게 가장 좋은 결정을 내려주는 건 뼈저리게 느끼고 있다.

하지만.

임신이 판명되고 어쩐지 정신없이 시간이 흘러가는 것 같아 마음이 조금 따라잡지 못하는 부분이 있다.

애초에…… 우리 결혼하는 거지?

임신했다는 걸 알고 서로 부모님과 대화한 뒤로는 언제부터인가 결혼을 전제로 이야기가 흘러가서…… 정신을 차리고 나니 이미 어디서 사는지 논의를 마쳤다.

너무 원만하게 잘 흘러가서 단계를 휙 건너뛰는 느낌이다.

결혼식도 안 했고, 애초에 혼인신고서도 제출하지 않았는데 출산한 뒤의 이야기만 시작하고 있다.

게다가 제대로 된 프러포즈도 아직──.

……아니.

뭐, 그건 순서를 바꿔서 깜빡 임신해버린 우리 잘못이지만.

출산은 기다려주지 않으니까 먼저 정리해야만 하는 문제를 착착 해결하는 것뿐이라는 건 충분히 알지만…….

하지만…… 어쩌지.

직전에 결혼은 안 하는 방향으로 흘러가 버리면 어떡하지?

'사실혼으로 갑시다'라거나.

'요즘 시대에 결혼제도가 무슨 의미가 있나요?'라거나.

머리 아픈 소릴 들으면 어떡하지?

……괘, 괜찮아. 괜찮아.

당연히 결혼할 수 있지!

지나친 생각이다.

하아, 이게 혼전 우울증이라는 건가?

아니면…… 임신 우울증?

"……엄마, 좀 너무 먹는 거 아니야?"

미우의 말에 깨달았다.

내가 어마어마한 기세로 파티 음식을 먹고 있었다는 걸.

"아무리 타쿠 오빠의 요리가 맛있다지만."

"아, 아니야. 이건."

실수했다.

딴생각을 하면서 먹었더니 과식해버렸어!

요리가 너무 맛있어서 그만!

"엄마, 요즘 몸무게 좀 많이 늘었으니까 조심해야 해. 산부인
과 선생님도 식사를 조금 자제하라고 했잖아?"

그렇긴 하지만.

임신했으니 배 속의 아기를 위해 먹을 수 있는 만큼 많이 먹는
게 좋다──는 건 이미 옛날이야기다.

임신 중 비만은 다양한 병의 원인이 될 수 있다.

현대 임부는 살이 너무 붙지도, 빠지지도 않게 적정 체중을 유

지할 필요가 있으며…… 정기검진으로 산부인과에 갈 때마다 몸무게와 관련된 이런저런 코칭이 들어온다.

나는…… 입덧이 심했을 때 배가 고프면 속이 메슥거리니까 끊임없이 무언가를 먹은 결과 적정 체중에서 살짝 오버하고 말았다.

살짝이지만.

아주아주 살짝이지만!

"하, 하지 마, 미우. 탓군 앞에서 몸무게 이야긴……."

"……아니, 타쿠 오빠는 다 알잖아. 매번 같이 가니까."

싸늘하게 지적하는 미우와 그 옆에서 난처한 듯 웃는 탓군.

그랬지!

탓군은 정기검진 때마다 매번 따라와 주고 있었습니다.

같이 가 주는 건 무척 기쁘고 든든하지만…… 몸무게 같은 민감한 화제도 전부 듣게 된다는 건 조금 복잡하다.

이젠 커플이 아니라 부부가 되는 거니까 그런 부분도 차근차근 오픈하는 게 일반적이라는 건 알지만…… 으음.

왠지 아직 실감이 솟지 않는다.

아니면—— 내 욕심인 걸까.

탓군과는 아직 부부가 되기 보다는 커플로 지내고 싶다는.

아버지와 어머니가 되기 보다는 남자와 여자로서 오붓하게 지내고 싶다는.

하아…… 안 되지, 안 돼.

이런 생각은 하면 안 된다.

앞으로 둘이서 제대로 부부가 되어야만 하니까.

점점 밤이 깊어간다.

파티 요리를 대충 다 먹고, 미우에게 크리스마스 선물도 주고, 식후 케이크도 맛있게 먹었다.

샴메리를 한 손에 들고 남아있던 크래커와 너츠 등을 집어먹기 시작한 타이밍에.

"흐아아암."

미우가 크게 하품했다.

"좀 졸리네."

그 한마디를 한 뒤 거실에서 나가버렸다.

계단을 올라가는 소리가 들렸으니 자기 방으로 향한 모양이다.

"어휴, 미우도 참."

변함없이 마이페이스라니까.

어라?

하지만 전에도 이런 일이 있었던 것 같은데.

"먹을 만큼 실컷 먹고 냉큼 자러 가다니……. 뒷정리에서 도망쳤구나."

"……아마도."

자리를 비켜주려는 의도일 거예요.

──라고.

탓군이 작은 목소리로 덧붙였다.

나에게는 잘 들리지 않았다.

"어?"

"아뇨, 아무것도 아니에요. 그보다 조금 더 마실까요?"

"……응, 그러게."

"샴메리지만요."

"샴메리지만."

서로 가볍게 웃은 뒤 상대방의 잔에 새로 따라주었다.

무알콜이지만 둘이 같은 음료를 마시면 별로 신경 쓰이지 않았다. 술은 뭘 마시냐보다 누구와 같이 마시냐가 중요하다는 걸 절절히 느낀다.

잡담하던 도중.

"……어쩐지 그날이 떠오르네요. 여기서 이렇게 단둘이 마시고 있으니까."

"그날?"

"제 생일날이요."

"……아아."

맞아. 생각났다.

어쩐지 그리움이 느껴진다 싶더라니, 탓군의 생일과 비슷한 시추에이션이었다.

그때도 미우가 중간에 퇴장하고 둘만 남았던가.

"그립구나. 탓군의 스무 살 생일 파티. 그때는 무알콜이 아니라 도수가 있는 와인을 마셨지."

떠올린다.

그야말로 와인처럼, 기억의 술통에서 추억이 흘러넘쳤다.

"선물로 받은 조금 비싼 와인을 탓군에게 뿌려버렸지."

"그랬었죠."

"목욕할 때…… 의도치 않게 탓군이 옷을 갈아입는 걸 봐 버리기도 하고."

"지금이니까 하는 말이지만 그때 제 몸을 보고 부끄러워하던 아야코 씨는 무지막지 귀여웠어요."

"뭐?!"

"상반신 정도로 이렇게나 부끄러워하시는구나 했죠."

"하, 하지 마…… 그런 옛날이야기."

"뭐, 지금은 이미 알몸 정도로는 안 부끄러워하게 되셨죠. 많이 봤으니까요."

"그래그래, 이제 탓군의 알몸은 많이 봤——아니, 무슨 말을 하게 만드는 거야!"

욱해서 딴죽을 걸자 탓군은 쿡쿡 웃었다.

그리고는.

"……평생 잊을 수 없는 생일이에요."

조용히 말을 이었다.

고요한 얼굴이 되어서, 온갖 상념을 되새기는 듯한 어조로.

"왜냐하면…… 아야코 씨에게 고백한 날이니까요."

"…………"

"10년 동안 짝사랑했던 이웃집 어머니에게 드디어 마음을 고백한 날. 술기운에 말해버렸다는 느낌이지만…… 그래도 그게 제 인생 첫 고백이에요."

"……나도 잊을 수 없어."

기억한다.

뚜렷하게 선명하게 기억한다.

앞으로도 평생 잊지 않을 것이다.

"정말로 깜짝 놀랐는걸. 설마 탓군에게 고백받다니 꿈에도 생각하지 못했으니까."

정말로 꿈에도 몰랐다.

딸과 결혼하는 걸 몽상했을 정도로.

"그날부터…… 많은 일이 있었지."

"그러게요."

그날부터—— 우리의 모든 것이 시작되었다.

평범하게 가는 일이 없는 로맨스극이 막을 열었다.

"처음엔…… 당연하게 찼었지, 내가……."

"뭐, 어쩔 수 없죠. 상식적인 어른의 판단이었다고 봅니다."

"아니, 하지만…… 결국 그 후에 굉장히 어중간하게 굴었잖아……. 탓군을 미행하질 않나."

"아, 그랬었죠. 사토야를 제 새 여자친구로 착각하시고."

"맞아맞아."

추억이다.

사토야는 정말로 예뻤으니까.

요즘은 통 못 봤는데, 지금도 여장하고 다닐까?

앗, 여장이 아니라 어울리는 옷을 입는 것뿐이랬던가?

"저도 저대로 꽤 저질렀으니까요. 첫 데이트 때 너무 기합을 넣었다가 삐끗해서 감기에 걸리고……. 진짜 꼴사나워요."

"괘, 괜찮아 이미. 그 후에 제대로 데이트했으니까. 유원지 아주 재밌었어."

"돌아갈 때는 고생이었죠. 타이어는 펑크에 비도 내리고…… 그래서."

"……호텔에서 하룻밤 잤지."

"네……."

"……지금 생각해 보면 탓군, 정신력이 굉장하구나. 호텔에서 하룻밤을 보냈는데 정말로 아무것도 안 하다니."

"그야 안 하죠. 그때는 사귀기 전이었으니까요."

추억이다.

탓군, 정말로 손을 안 댔단 말이지.

만약 그때 탓군이 손을 댔다면…… 그건 그거대로 어떻게 이야기가 굴러갔을까?

"여름에는 하와이안 Z에 갔었죠."

"아테라자와 가와 카츠라기 가의 연례행사니까. 내년에는 갈 수 있을까?"

"글쎄요. 딱 아이가 태어날 무렵이 될지도……."

"가능하다면 계속 가고 싶은데."

"그러게요. 하와이안 Z는 최고니까요. 풀장도 있고, 온천도 있고."

"온천…… 그리고 보면 올해는 탓군과 혼욕해버렸지."

"아, 그랬었죠……."

"들어갔더니 난데없이 탓군이 있었잖아. 그때는 부끄러웠어……."

"지금은 평범하게 같이 들어갈 수 있지만요."

"그, 그야 동거도 했으니까."

"하지만 요즘은 같이 들어가지 않으니까 조금 서운해요……."

"지금은 무리잖아."

추억이다.

그때는 미우가 탓군을 좋아한다고 착각했었다.

전부 미우의 책략이었지만, 덕분에 나는 내가 탓군에게 느끼는 감정을 재확인할 수 있었다. 설령 딸이 좋아하는 사람이라고 해도 양보하고 싶지 않다는 각오를 굳힐 수 있었다.

"하와이안 Z에서 돌아온 직후였죠…… 아야코 씨가 키스하신 게."

"으……."

"제 첫키스……."

"저기……."

"고백에 답변도 못 받았는데 키스하시고, 그 뒤에는 어째서인지 피하시고."

"……그, 그때는 정말로 폐를 끼쳤습니다."

"간신히 사귀게 되었다고 생각했더니…… 아야코 씨는 그날 어째서인지 노브라였고."

"~~?! 아, 진짜, 잊어버리라고 그건!"

"못 잊는다니까요."

추억이다.

미우 덕분에 자신의 마음은 깨달았는데…… 내가 앞서나가서 키스해버리는 바람에 믿어지지 않을 만큼 구질구질 꼬여버렸다.

최종적으로는 어떻게든 사귀게 되었지만…… 답변을 돌려준 그 타이밍에 나는 하필 노브라였다.

하아…… 싫다. 최고로 로맨틱한 기억이어야 하는데 떠올릴 때마다 노브라가 따라온단 말이지.

"그리고 사귄 직후에 설마 했던 장거리 연애."

"인줄 알았는데 설마 했던 동거 스타트가 되었지. 오이노모리 씨와 탓군의 꿍꿍이 때문에. 진짜 놀랐다고."

"죄송합니다."

"뭐, 결과적으로는 좋았지만."

"즐거웠죠, 동거 생활."

"그래. 그러고 보면…… 탓군의 전여친이 등장하는 사건도 있었지."

"잠깐…… 전여친은 아니고요. 가짜 여자친구였던 적이 있었던 것뿐인 동창이에요."

"요즘 아리사 씨와는 연락하고 있어?"

"가끔이요."

"……흐응."

"아니, 아무 일도 없거든요. 저쪽도 남자친구가 있잖아요. 같이 인턴으로 일한 사이로서 구직활동 그만둔다는 걸 일단 보고했을 뿐이에요."

"후후. 장난이야, 신경 안 써. 그렇게 속 좁은 여자가 아니니까."

추억이다.

장거리 연애로 페이크를 친 갑작스러운 동거.

익숙하지 않은 일투성이라 고생했고, 그 타이밍에 아리사 씨가 나타나서 한바탕 소란이 있었다.

뭐…… 그녀 본인은 무엇 하나 잘못한 게 없고 우리가 멋대로 헛발질한 것뿐이지만, 지금 와서는 좋은 추억이다.

결과적으로 우리가 한 걸음 앞으로 갈 계기가 되기도 했고.

"그리고…… 오이노모리 씨에게 아이가 있다니 깜짝 놀랐어요."

"맞아. 설마 그렇게 큰 아이가 있었다니."

"아유무와는 잘 지내고 계실까요?"

"즐겁게 잘 지내는 모양이야. 지난번에 전화했을 때 가르쳐주셨는데, 같이 여행도 다니나봐."

"와아."

"이번 달 초가 아유무의 생일이었다는 모양인데…… 그럭저럭 가격이 나가는 게이밍 PC를 선물해줬다고……. 뒤늦게 팔불출 부모 모드에 들어갔다는 느낌."

"아하하. 좋은데요. 평화롭고."

"응, 하지만…… 단순히 컴퓨터를 사준 것만이 아니라 엔터테인먼트 사업이나 자산운용 영재교육도 시작한 것 같더라. '나는 앞으로 10년 뒤면 은퇴할 생각이니 그 후에는 아유무에게 맡겨야지'라는 둥 진담인지 농담인지 알 수 없는 소릴……. 어쩌지. 나 10년 뒤엔 아유무 밑에서 일하게 될지도 몰라……."

"……그리 평화롭지는 않아 보이네요."

추억──은 아닌가.

꽤 최근의 일이다.

자유분방한 커리어우먼으로 보였던 오이노모리 씨가 사실은 한 아이의 어머니였다는 뜻밖의 과거. 놀라기는 했지만 계속 완벽한 초인처럼 생각했던 그녀의 약점과 인간다움이 살짝 보인 느낌이 들어서 조금 기뻤다.

입사한 이래 10년이나 그녀 밑에서 일해왔지만, 최근 들어 또 확 거리가 좁아진 듯한 느낌이다.

앞으로도 오이노모리 씨 밑에서 일하고 싶다.

설령…… 10년 뒤에 새 CEO가 된 아유무 밑에서 일하게 된다고 해도.

"긴 것 같으면서도 짧았던 석 달의 동거도 순식간에 지나가고…… 마지막에 임신이 판명되면서 지금에 도달했습니다. 음."

마무리하듯이 말한 뒤 하아 하고 한숨을 쉬었다.

"정말…… 많은 일이 있었구나."

절절하게 말했다.

정말로 많은 일이 있었다.

5월에 탓군에게 고백받은 뒤로 노도와도 같은 하루하루였다.

1년도 지나지 않았다니 믿기지 않는다.

터무니없이 고밀도인, 농후한 나날이었다.

"고생도 많았지만, 지금 돌아보면 좋은 추억이지."

"……정말로요."

내 우악스러운 정리에 탓군은 깊이 고개를 끄덕였다.

그리고는 눈을 감고 감회에 젖은 얼굴이 되었다.

"올해 5월에 고백한 뒤로…… 이야기가 단숨에 움직인 느낌이 들어요. 계속 제 안에 품고만 있었던 마음이── 홀로 돌아가던 톱니바퀴가 드디어 주위와 맞물려 돌기 시작했어요."

아, 그렇구나.

내 안에서는 막연히 올해 5월이 이야기의 시작 같은 느낌이 들었지만, 탓군에게는 아니다.

그의 이야기는 10년 전에 시작했다.

아마 나를 처음 본 그날부터.

장례식 날── 미우를 입양한다고 정한 날.

그날은 나에게도 어머니라는 새로운 이야기의 시작이었지만── 동시에 나와 탓군의 이야기가 시작한 날이기도 한 모양이다.

내가 눈치채지 못했을 뿐, 우리의 이야기는 아주아주 오래전부터 시작되어 있었다.

"당연히 처음에는 첩첩산중이었고, 후회나 불안도 많이 있었어요. 하지만 지금 이렇게 아야코 씨와 연인이 되었고 아이도 생기고…… 정말로 정말, 꿈만 같이 행복합니다."

"잠깐…… 아니, 왜 그래? 새삼."

"새삼 말씀드리고 싶어서요."

말 그대로 탓군은 자세를 새삼 바로잡았다.

똑바로 나를 바라본다.

그 진지한 눈빛에 가슴이 크게 뛰었다.

"꿈처럼 행복한 지금을 앞으로도 계속 이어가고 싶습니다. 고백한 뒤로 반년간 많은 것들이 정신없이 바뀌어 가는 나날이었지만 아야코 씨를 사랑하는 마음만은 계속 변하지 않았습니다. 오히려 날이 갈수록 커지기만 합니다. 역시 저는…… 아야코 씨를 사랑해요."

듣는 내가 부끄러워질 만큼 부끄러운 말을 탓군은 지극히 진지한 얼굴로 말했다.

그리고── 자신의 주머니 안에 손을 넣었다.

"앞으로도 평생 당신을 계속 사랑하겠다고 맹세합니다."

그러니까.

라고 말하며.

주머니에서 꺼낸 것을 나에게 내밀었다.

"저와 결혼해주세요."

그건── 반지였다.

뚜껑이 열린 작은 상자 안에 반짝이는 반지가 꽂혀 있었다.

"…………."

말을 잃어버렸다.

머리가 상황을 전혀 따라잡지 못했다.

"……마, 말도 안…… 어째서…… 어어?"

상황을 조금도 소화하지 못하고 허둥대기만 했다.

"어, 어떻게 된 거야, 이거……?"

"샀습니다."

"어…… 하지만, 이렇게 비싸 보이는 반지를……."

"부끄럽지만 그리 비싼 건 아니에요……. 하지만 일단 제가 직접 번 돈으로 샀습니다."

탓군이 번 돈.

대학에 들어간 뒤로 가정교사 아르바이트를 했다.

미우 말고도 몇 명 더 있다는 건 들었다.

이번 인턴에서도 석 달 치 월급은 받았다고 들었다.

그리고…… 전업주부가 된다고 정한 후 단기 아르바이트를 여럿 채워 넣었다. 굳이 그렇게 서둘러 일할 필요는 없을 텐데…… 라고는 생각했지만.

설마——.

"일단 이런 건 제대로 해두고 싶어서요."

놀란 가슴이 진정되지 않은 나에게 탓군은 난처한 듯 웃으며 말을 이었다.

"갑자기 임신해버려서 결혼 이야기도 나오기 전에 부모님과 상견례를 해버리고…… 뭐라고 하지, 어영부영 진행된다는 느낌이 있었잖아요. 언젠가 제대로 프러포즈하고 싶다고는 계속 생각했어요."

"…………."

"최대한 빨리하고 싶었지만, 적당히 하고 싶지는 않아서……."

"…………."

아아——.

나는 참 바보구나.

결혼할 수 있을지 불안해하다니.

이렇게나 멋진 파트너가 있는데 혼자서 뭘 걱정했던 걸까.

"……정말, 바보야. 탓군은."

무심코 투정이 나왔다.

왜냐하면…… 억지로라도 그렇게 허세를 부리지 않으면 눈물이 끊임없이 쏟아질 것 같았으니까.

하지만…… 역시 무리다.

아무리 참으려고 해도 눈물이 나온다.

이런 건 견딜 수 있을 리 없다.

반지가 든 상자를 받고 빤히 바라보았다.

작지만 예쁜 다이아몬드가 박혀 있다.

절대 저렴하지 않다는 게 한눈에 알 수 있었다.

"직접 번 돈이니까 더 원하는 걸 사지 그랬어. 반지 같은 건 아무래도 상관없었는데……."

"상관없지 않아요. 애초에 저는 제가 원하는 걸 산 거니까요."

"정말. 또 그린 소릴 하고."

"아니, 하지만…… 그렇게 대단한 건 아니니까요."

어딘가 면목이 없다는 듯 말을 잇는 탓군.

"사실은 더 대대적으로 이것저것 하고 싶기도 했거든요. 레스토랑을 예약해서 플래시몹을 쓰거나……. 하지만 지금의 아야코 씨를 눈 속으로 끌고 나가는 건 싫어서……. 날이 풀릴 때까지 미루는 것도 좀 아닌 것 같았고…… 뭔가, 전체적으로 저예산 프러포즈가 되어버렸는데."

"……아냐. 충분해."

차고 넘친다.

이보다 더 좋은 프러포즈는 없다.

왜냐하면── 고백했을 때와 완전히 같은 장소니까.

5월.

탓군이 처음 나에게 마음을 털어놓았을 때.

내가 그의 마음을 안 날.

고백과 같은 시추에이션에서 프러포즈라니, 왠지 무척 로맨틱하고 멋진 느낌이 든다. 탓군이 어디까지 노렸는지는 모르지만 나에게는 이보다 더 좋은 프러포즈는 없다.

"저기…… 그래서, 대답은요?"

내가 혼자 감격에 겨워 있자 탓군이 불안하다는 듯 물었다.

아아, 실수했네.

깜빡 대답하는 걸 잊어버렸다.

대답할 것조차 없지만.

이런 때 어떤 식으로 반응하는 게 정답인지는 모르지만, 나는 범람하는 마음이 시키는 대로 우선 그 자리에서 일어났다.

그리고 탓군에게 다가가 기세를 타고—— 하지만 배에는 세심한 주의를 기울이며 힘껏 끌어안았다.

"기꺼이!"

품속으로 뛰어들자 탓군은 감싸듯이 나를 껴안아 주었다.

올해의 성야는 정말로 특별한 밤이 되었다.

♠

프러포즈가 끝난 뒤 아야코 씨는 무척 들떠 했다.

반지를 계속 바라보기도 하고, 둘이서 반지를 끼고는 기념사진을 찍기도 하고.

요리도 팍팍 먹고, 샴페인도 팍팍 마시고, 무알콜인데도 마치 취한 사람처럼 신이 났다가——.

"……으응."

최종적으로는 탁자에 엎드려 잠들어버렸다.

보는 내가 기뻐질 정도로 행복해 보이는 얼굴로.

어휴.

이런 곳에서 잠들면 몸에 안 좋은데.

나중에 방으로 옮겨 드려야겠다.

"어라? 엄마 자?"

아야코 씨에게 담요를 덮어주던 도중 미우가 2층에서 내려왔다.

"어, 지금 막 잠드셨어."

"흐응. 그래서…… 프러포즈는?"

"했지."

"그래? 결과는…… 뭐, 물어볼 것도 없나."

웃는 얼굴로 가볍게 어깨를 으쓱하며 고개를 내젓는다.

오늘 프러포즈는 미우에겐 사전에 말해놨다.

때를 봐서 우리를 둘만 있게 해달라고 부탁하기 위해서다.

"……하아, 긴장했어. 거절당하지 않아서 정말 다행이야."

"거절할 리 없는걸. 성공은 따 놓은 당상이었어."

"모르는 일이잖아. 역시 직장도 없는 남자는 싫다고 생각하셨을지도 모르고……."

"그 이야기는 이미 끝났잖아."

"반지도 별로 안 비쌌고."

"아니, 충분히 비싸거든? 오늘에 맞추려고 필사적으로 단기 아르바이트를 꽉꽉 채워서 산 거잖아?"

"사실은 결혼반지만이 아니라 약혼반지도 하고 싶었는데…….

프러포즈도 더 화려하게 하고 싶었어. 그리고…… 사실은 결혼식도."

"괜찮다니까. 엄마는 틀림없이 기뻐할 거고 불만은 전혀 없을 거야."

성대하게 한숨을 쉬는 미우.

"진짜…… 타쿠 오빠는 자기평가가 낮다니까. 겸손을 넘어서 비굴할 정도야. 30대 아줌마에게는 아까울 정도로 소설 속 남주처럼 굴고 있는데 본인은 되게 자신감이 없다니까."

"……어쩔 수 없잖아."

나는 천천히 의자에 앉으며 말했다.

"자신감 같은 건 없어. 언제나…… 아등바등해. 게임 같은 것과는 다르게 뭐가 정답인지 모르니까……."

게임이라면 명확한 공략법이 있다.

맞는 선택지를 계속 누르면 해피엔딩에 도달할 수 있다.

하지만—— 현실은 다르다.

어느 게 맞는 선택지인지 알 수 없다.

전업주부가 된다는 결단이나 이번 프러포즈.

나 나름대로 필사적으로 생각해서 가장 좋은 답을 목표로 했지만—— 그래도 그게 진짜 정답인지 아닌지는 아무도 모른다.

"……그렇구나."

얌전히 고개를 끄덕이며 미우도 의자에 앉았다.

그리고는 남아있던 자신의 잔에 샴메리를 따랐다.

"뭐, 정답이냐 오답이냐로 말한다면…… 이 타이밍에 엄마를 임신시킨 건 틀림없이 오답일 테고."

"……크헉."

그, 그건.

그 말을 해버리면 반론할 수가 없는데…….

고뇌하는 나를 보며 즐겁게 웃은 뒤.

"있잖아, 타쿠 오빠. 기억해?"

미우는 말을 이었다.

"올해 5월…… 타쿠 오빠의 생일 파티 때, 내가 중간에 빠졌잖아?"

"그래."

잊을 수 없다.

미우가 졸리다고 말하고 빠져서 우리는 둘만 남았다.

그 자리에서 나는…… 과감하게 고백했으니까.

"그거 말인데── 사실 나 일부러 빠진 거야."

"……어?"

"딱히 졸린 건 아니지만 슬쩍 빠져 봤어. 타쿠 오빠와 엄마를 둘만 있게 해주려고."

"…………."

"아하하. 애초에 그런 시간에 졸릴 리가 없잖아. 술 냄새만으로 취할 리도 없고."

천연덕스럽게 말하는 미우를 보며 나는 어안이 벙벙해질 수밖에 없었다.

이제 와서 밝혀진 충격적인 진실이었다.

"타쿠 오빠가 엄마에게 반했다는 건 잘 알고 있었고, 나 나름대로 신경 써준 거야. 무언가 진전이 있다면 재밌겠다면서. 뭐…… 설마 단숨에 고백까지 해버릴 줄은 몰랐지만."

"……윽."

"그 결과…… 타쿠 오빠는 한 번 차였고 말이지. 그때는 나도 조금 책임감을 느꼈거든? 내가 괜한 짓을 하는 바람에 두 사람의 관계가 꼬여버렸다고."

"미우…… 네가——."

책임감을 느낄 일이 아니라고 달래기도 전에.

"하지만!"

미우는 힘차게 말을 이었다.

"지금 와서 보면 오히려 감사받고 싶은 정도거든! 전부 내 덕분이야! 내 센스 있는 계략이 두 사람을 맺어줬어! 나야말로 키 퍼슨이자 큐피드! 이 공적은 너무나도 위대하도다! 용돈을 받아도 될 수준임!"

"……."

업과 다운을 오가는 분위기에 따라가지 못한 내가 뭐라 말할 수 없는 기분을 맛보고 있자 미우는 작게 숨을 내쉬었다.

잔에 따른 샴메리를 조금 마시고는.

"그래서 무슨 말을 하고 싶냐면."

조용한 목소리로 덧붙였다.

"뭐가 정답인지 같은 건 꽤 나중이 되지 않으면 알 수 없다는 거야."

"…………"

"타쿠 오빠의 생일에 한바탕 연기했던 걸…… 후회하거나 틀린 선택이었다고 생각한 적도 있었지만, 지금은 정말로 잘했다고 생각해. 의외로 그런 거 아니야? 정답이냐 오답이냐 하는 건."

"……그럴지도."

"게다가 무엇보다 중요한 건…… 결국 마음이잖아. 정답을 고르려고 하는 마음이 가장 중요한 거고, 그 강한 마음이 있다면 설령 잘못된 선택지였다고 해도 언젠가 정답으로 만들 가능성이 있지 않을까."

"궤변이잖아."

궤변에 가까운 연설이었지만── 그래도 무슨 말을 하고 싶은지는 잘 알았다.

내가 선택한 다양한 선택지.

뭐가 정답이고 뭐가 오답인지는 지금 시점에선 알 수 없다.

게임처럼 누르면 플래그가 서고 해피엔딩을 볼 수 있는 선택지 같은 건 처음부터 존재하지 않는 건지도 모른다.

"요컨대…… 앞으로가 중요하단 거지."

앞으로.

모든 것은—— 앞으로다.

프러포즈가 성공해서 왠지 일단락된 듯한 기분이 들었지만, 우리의 이야기는 아직 끝나지 않는다.

앞으로 계속 그녀와 함께 살아간다.

선택해온 답이 틀렸는지 맞았는지 정해지는 건 분명 앞으로에 달려있다.

"정답이냐 오답이냐는 나중에 얼마든지 바꿀 수 있어. 과거의 선택을 돌아보고 그걸 정답이라고 느낄 때…… 사람들은 그런 걸 운명이라고 부르는 건지도."

운명의 상대.

운명적인 만남.

그건—— 나중에 의미를 덧붙여서 정해지는 건지도 모른다.

사랑하는 사람과 지금을 행복하게 살 수 있다면 그 사람과 함께한 모든 과거가 미리 정해져 있던 운명이라고 느낀다.

나로서는 제법 좋은 말을 했다고 생각했는데.

"……아니, 그건 좀 오글거려, 타쿠 오빠. 운명이라니."

미우는 조금 떨떠름한 얼굴이었다.

야. 여기에 와서 빼기냐.

뭔가 그런 이야기를 해도 괜찮은 분위기였잖아.

"뭐, 하지만…… 그런 느낌이지."

미우는 쓴웃음을 지으며 말했다.

"다들 행복하게 산다면 전부 정답이었다는 게 된다고. 깜빡 '속도위반'을 저지른 것도 10년 뒤에 다들 웃으며 살고 있다면 '이때 생기길 잘했다!' 같은 분위기가 될 테니까."

그렇게 말하더니 미우는 나를 향해 잔을 기울였다.

"조금 연상인 엄마지만 앞으로도 잘 부탁해, 타쿠 오빠."

"……그래."

"그리고 덤으로 귀엽고 러블리한 딸이랑 앞으로 태어날 아기도 오래오래 잘 부탁해."

"알고말고."

나도 잔을 들고 미우의 잔에 살짝 부딪쳤다.

경쾌한 소리가 울린다.

이 야무진 딸과, 행복해 보이는 얼굴로 잠든 사랑하는 사람에게 맹세한다.

앞으로 계속, 평생을 들여 이 가족을 행복하게 만들겠다고——.

아니.

나도 포함해서 가족 전원이 행복해지겠다고.

지금껏 겪은 모든 나날이 정답이자 운명이었다고 느낄 수 있도록——.

제5장
여운과 일상

눈 깜짝할 사이에 시간이 흘러갔다.

새해가 밝고, 눈도 녹고, 대지에 싹이 트고, 따뜻한 계절이 찾아온다.

크리스마스 이브의 프러포즈로부터 순식간에 넉 달이 지났다.

당연하게도 이벤트가 워낙 많아서 이래저래 바쁜 나날이었다.

정월, 발렌타인, 화이트데이 같은 계절 이벤트.

미우와 탓군의 진급이라는 학생의 이벤트.

다양한 행사를 거치며 우리는 하루하루를 살아간다.

나 개인은 배가 점점 커졌지만 시기적으로는 안정기에 들어갔고, 입덧도 완전히 사라져서 비교적 평화로운 임부 생활을 보내고 있었다.

"……아! 뭐야, 말도 안 돼! 여기서 끝이라고?!"

어느 일요일 아침.

거실 소파에 앉은 나는 TV 앞에서 절규했다.

옆에는 탓군이 앉아있다.

"크윽~…… 변함없이 '러브카이저'는 절묘하게 끊는다니까."

"이번 주도 충격적인 전개였네요."

"그래, 설마…… 주인공이 보유하고 있던 가상통화가 이 타이밍에 대폭락이라니! 안전한 수입인 줄 알았는데……!"

우리가 보고 있던 건―― 당연히 러브카이저이다.

2월부터 새 시리즈 '러브카이저 메타'가 시작했다.

참고로.

탓군과는 3월에 혼인신고서를 제출하여 정식으로 부부가 되었다.

3월 15일이 결혼기념일이다.

더불어 그날은…… 내가 사랑해 마지않는 '러브카이저 솔리테어', 쿠이나지마 히유미의 생일이기도 한다.

……아니, 딱히 꼭 그날을 고집했던 건 아니지만!

3월 정도에 제출하자는 이야기가 나왔으니 기왕이면 히유밍의 생일로 맞춰버릴까 했던 것뿐…….

탓군은 그 후 봄방학 중에 이 집으로 이사했다.

덕분에 같이 있는 시간이 많이 늘었다.

일요일은―― 반드시 둘이서 '러브카이저'를 실시간으로 시청하고 있다.

"아니, 그나저나…… 올해의 러브카이저는 정말 놀랐어. 설마―― 메타버스와 가상통화를 메인 테마로 잡은 시리즈를 내놓다니."

"최첨단 트렌드를 도입했단 말이죠."

"메타버스 공간에서 가상통화를 소비…… '소각'해서 변신한다는 설정에는 감탄이 절로 나온다니까. 가상통화를 해킹하려는 적과 주인공 측이 필사적으로 싸우지만…… 메타버스 공간에서 고도의 연산을 거쳐 이뤄지는 그 싸움이 결과적으로 채굴의 일종이었다니…….”

“주인공 측을 지원해주는 줄 알았던 재단이 사실은 양측이 싸우도록 만들어서 거금을 벌어들인다……. 심오하군요. 정말.”

“아동용으로 괜찮은지 염려도 되지만…… 오히려 이건 아이에게 보여줘야 해. 요즘 시대를 살아가는 모든 아이들이 봐야 해.”

“굉장히 공부가 되니까요. 저는 블록체인이나 NFT 같은 건 잘 몰랐지만, 이번 ‘러브카이저 메타’ 덕분에 꽤 잘 알게 되었어요.”

“주인공 캐릭터도 좋지. 수전노 같은 성격으로 돈을 못 받으면 변신도 안 하고, 구해준 상대에겐 보수와 경비를 제대로 받아내잖아.”

“기존 영웅상과는 상당히 괴리가 있다고 해야 하나, 여태까지였다면 악역으로 그려졌을 법한 캐릭터 조형이죠.”

“그러니까! 그 안티테제 같은 느낌이 좋은 거야! ‘히어로라면 무상으로 사람을 구하는 게 당연하다’, ‘히어로가 돈을 벌려고 하는 건 악이다’라는 구시대의 풍조에 돌을 던지는 새로운 히어로상을 구축했다고 말할 수 있어!”

“뭐라고 해야 하지…… 현대적이네요. 히어로라고 해도 일개 인간이고, 자신의 생활과 인생이 있는 거죠. 주인공도 단순한 수전노인 게 아니라 자신이 무상…… 혹은 저렴하게 싸우면 그게 사회에 평범한 일…… 시장가격을 형성하게 되는 걸 염려한다는 느낌이고요."

"자본주의는 그런 거지. 모든 게 시장가격으로 정해지니까."

"이 시리즈를 보면 금융 리터러시가 착착 발달하는 느낌이 들어요."

"나도나도. 주식투자 이콜 도박이라는 이미지밖에 없었는데, 가치관이 확 바뀌었어. 저축하면 안심할 수 있는 시대는 이미 끝난 건지도 몰라……."

아아, 즐거워라!

일요일 아침 방송을 남편과 실시간으로 시청할 수 있다니, 행복해!

"그럼 저는 슬슬 집안일을──."

"에이, 아직 괜찮잖아."

일어나려는 탓군의 손을 붙잡고 막았다.

"조금 더 '러브카이저' 타임을 즐기자고."

"네? 하지만 끝났잖아요."

"스트리밍으로 과거 작품을 보는 거야!"

대답도 기다리지 않고 리모콘을 조작해서 TV 화면을 지상파에서 비디오 스트리밍 서비스 채널로 바꿨다.

즐겨찾기에 등록해뒀던 '러브카이저' 항목을 선택했다.

"흐흐흥~ 어느 걸 볼까? ……음, 역시 여기선 불후의 명작

'러브카이저 조커'지! 지난번에 중간까지 보고 멈췄으니까."

"'조커'라면 아야코 씨는 블루레이 갖고 있잖아요?"

"후. 모르는구나, 탓군. 블루레이로 소장한 작품도 일부러 스트리밍으로 봐서 재생수에 공헌한다. 그게 진정한 오타쿠 예절이란다! 이렇게 지금도 '조커'가 인기라는 걸 어필하면 단바이에서 새 완구를 내줄지도 모르니까!"

"……역시 대단하세요."

살짝 움츠러드는 탓군이었다.

뭐…… 단순히 블루레이를 꺼내는 게 귀찮다는 것도 꽤 크긴 하지만. 과거의 수많은 명작 시리즈를 월정액 서비스로 마음껏 볼 수 있다니 정말 멋진 시대가 되었다.

"분명 이 아이도 기뻐해줄 거야."

나는 커다랗게 나온 배를 문지르며 말했다.

"배 속에 있을 때부터 '러브카이저'를 볼 수 있으니까."

"……백 보 양보해서 평범한 시리즈라면 괜찮지만 '조커'는 태교에 안 좋다고 보는데요……. 역대 가장 살벌하고 가장 처절하니까요. 러브카이저끼리 죽고 죽인다는 설정이라 현대엔 애초에 방송할 수 없는 스토리고요……."

"괘, 괜찮아! 이 애는 이런 걸 보며 강하게 크는 거야!"

배를 문지르면서 호소했다.

……뭐, 아무리 그래도 태어난 뒤에는 좀 자중할까? 어릴 때는

더 평화롭고 가볍게 즐길 수 있는 시리즈부터 시작해서 '조커'를 보여주는 건 12살…… 아니, 15살 정도?

"……그나저나."

탓군이 내 쪽을 빤히 바라보았다.

"많이 커졌네요, 배."

손을 뻗어 부드럽게 쓰다듬었다.

"그러게. 한눈에 임신했다는 걸 알 수 있을 정도가 되었어."

최근에 들어 급격하게 커졌다.

튼살 관리를 위해 크림도 바르기 시작했다.

"뭔가…… 여기에 있다는 느낌이 들어요."

"후후. 뭐야 그게."

탓군이 부드럽게 쓰다듬는 그때였다.

쿵.

배 속에서 밖으로 가벼운 충격이 느껴졌다.

"앗. 지금……!"

"응, 찼나봐."

나는 눈을 빛내는 탓군에게 고개를 끄덕였다.

"우와, 굉장해! 드디어 차는 걸 만져봤어!"

정말로 기쁘다는 듯 웃는 탓군.

지금까지도 배를 찬 적은 몇 번 있었지만, 탓군이 만지고 있을 때 찬 건 오늘이 처음이었다.

내가 지금 찼다고 가르쳐주면 매번 부리나케 만지는데, 막상 만지면 무반응인 패턴이 많았기에 타이밍이 맞은 게 어지간히 기쁜 모양이다.

"후후. 슬슬 아빠가 만지면 알 수 있게 된 거려나?"

"아는 걸까요? 안녕, 아빠입니다."

웃음을 터트리는 우리.

행복이란 이런 걸 말하는 것 같다는 생각이 들 만큼 행복했다.

"하아…… 아기가 자라는 건 기쁘지만…… 이 이상 커지면 일상생활이 큰일인데."

발톱을 자르거나 양말을 신는 게 힘들어졌다.

뭐, 이런 건 꽤 전부터 탓군이 해주고 있지만.

처음에는 굉장히 부끄러웠는데 점점 익숙해졌다.

"배만이 아니라…… 가슴도 조금 커졌고."

"……!"

작게 중얼거리자 탓군이 순간 움직임을 멈췄다.

"여, 역시나요?"

"역시나라니…… 눈치채고 있었어?"

"그야, 뭐."

"뭔데."

역시 탓군이었다.

"임신하면 보통 커진다고 해. 몸이 모유를 만들기 위한 준비를 시작한 모양이야."

하아…… 싫다.

이 이상 커지지 않아도 되는데.

"모유……."

"……뭔가 이상한 상상하는 거 아니야?"

"아, 안 했어요!"

째릿 노려보자 탓군은 붕붕 고개를 저었다.

"다만…… 아이가 태어나면 역시 모유를 먹이거나 하잖아요."

"그야 그렇지."

"아야코 씨가 앞으로 아이에게 젖을 물리는 건데…… 그러니까, 뭐라고 하지. 이제 곧 저만의 것이 아니게 된다는 생각에 실망해서."

"……풉. 아하하. 뭐야 그게."

무심코 웃음을 터트렸다.

황당한 반면, 탓군다운 독점욕이 조금 기쁘기도 했다.

"정말이지. 원래부터 탓군 게 아니잖아?"

"그렇긴 하지만요."

"나 원……. 후후, 그럼 지금 미리 만끽해둘래?"

"네?"

"뭐 놓다…… 어?"

가벼운 농담으로 던진 말이었는데 탓군은 예상했던 것보다 더 잘 낚였다.

뚫어지게 보고 있다.

진지한 얼굴이다.

"……그럼 감사히."

"아니, 아니! 잠깐만!"

몸을 기울이는 그를 허둥지둥 제지했다.

"무, 무슨 생각이야. 이런 일요일 아침부터……."

"너무해요…… 유혹한 건 아야코 씨면서."

"유혹한 거 아니라니까! 정말…… 탓군, 요즘 좀 기운이 너무 넘치는 거 아니야? 어제도……."

"그건 뭐, 그야…… 드디어 안정기에 들어갔으니까요."

"그렇긴 하지만……."

말씨름을 하면서도 점점 거리를 좁혀가는 우리.

나도 저항하는 건…… 뭐, 연기라고 할 정도는 아니지만 어느 정도 습관이 되어버린 경향이 있다.

사귄 지 오래되면 막연하게 알게 되는 부분도 있다.

지금은…… 러브러브의 분위기!

그렇다면 마음껏 즐겨야지.

아이가 태어나면 아마 그럴 여유는 사라질 테니까.

"…………."

"…………."

말없이 서로를 바라본다.

그대로 천천히 얼굴을 가져가서——.

"흐아암, 좋은 아침."

""~~?!""

홱.

어마어마한 속도로 거리를 벌리는 우리.

미우가 하품을 씹으며 거실로 들어왔다. 일요일 아침 애니메이션이 끝나는 시각이 되어서야 간신히 일어난 모양이다.

"자, 자자, 잘 잤어? 미우."

"……왜 그래? 그렇게 당황하고."

"아아, 아무것도 아니야. 그렇지? 탓군."

"마, 맞아요."

"이번 주 '러브카이저'가 되게 재미있었거든! 그 이야기로 뜨겁게 달아올랐던 것뿐이야…… 정말 그게 다야."

위, 위험했다!

미우가 있다는 게 머릿속에서 완전히 빠져 있었어!

"아, 오늘 일요일인가."

기가 막힌다는 듯 말하는 미우.

"진짜 대단하다니까. 모처럼 일요일인데 일찍 일어나다니."

"일찍은 무슨. 미우는 너무 자는 거야."

"어차피 녹화해놓지 않아?"

"녹화해도 실시간으로 봐야지!"

"아 네. 그러십니까."

내 열변을 적당히 흘리는 미우.

"미우도 이번 건 같이 보지 않을래? 지금부터라면 아직 따라 잡을 수 있어. 올해 시리즈는 정말 걸작이 될 예감이 드니까 보지 않으면 틀림없이 손해야."

"엄마, 그거 매년 하는 말이거든."

"……매년 걸작이라고. 매년 보지 않으면 손해라고."

매년 재미있다.

'어라? 올해는 별로인가?'라는 생각이 들어도 끝까지 보면 대체로 재미있다.

'아니, 올해의 디자인은 좀 과한 거 아니야?'라는 첫인상을 받아도 한 달이나 보다 보면 익숙해지고, 최종장에 들어갈 즘이면 애착이 마구 샘솟는다.

내가 몇 살이 되어도 재미있다.

그게 '러브카이저' 시리즈다.

"엄마는 애가 태어나면 '러브카이저'를 적극적으로 보여줄 것 같아. 갖고 싶다고 하기도 전에 완구를 사주고."

"윽……."

"아이에게 자아가 생기기 전부터 코스프레시킬지도 몰라. 두 살 정도 되면 영화관에 데려가고, 애가 울거나 팝콘을 흘리거나

해서 다른 관객에게 폐를 끼치겠지."

"아, 안 그럴 거거든!"

아마도.

"딱히 억지로 '러브카이저'를 강요하진 않을 거야. 그렇게 강압적인 부모가 되고 싶지는 않으니까. 하지만 뭐…… 아이가 갖고 싶다고 하면 사주고 싶고…… 게다가 '러브카이저'는 유아교육에도 아주 좋을 것 같으니까! 그러니까 은근슬쩍 보기 시작하도록 유도하면 언젠가 자발적으로……."

"타쿠 오빠, 부탁할게."

"알았어."

나를 무시하는 미우와 무겁게 고개를 끄덕이는 탓군이었다.

어라? 탓군마저 그쪽이야? 내가 아이에게 '러브카이저' 굿즈를 마구 사줄 거라면서 경계하는 거야?

기분이 꽁해졌지만 미우는 그런 내 갈등을 무시하고 다가와 배를 부드럽게 만졌다.

"빨리 안 태어나려나. 내 귀여운 여동생."

"올해는 태어나면 안 돼. 완전히 조산이니까."

"안다니까. 하지만…… 어라? 아직 딸이라고 확정된 건 아니던가?"

"응. 뭐, 아마 딸일 거라고는 들었지만."

초음파 검사로 몇 번 사진을 찍은 결과 아마 딸일 것이라고 했다.

그것이 안 보이니까.

테아의 성별은 그것이 보이냐 아니냐로 판단하는 모양이다.

남자아이일 경우 초음파 검사에서 다리 사이의 그것이 '보인' 순간에 판단할 수 있으니 적중률이 높다.

하지만 여자아이일 경우 그게 '안 보이니까' 여자아이라고 판단하는 거라서…… 사실은 가려져서 안 보였을 뿐, 태어나고 보니까 남자였다는 패턴이 가끔 있다나.

"흐응. 그렇구나. 엄마는 어느 쪽이 좋다는 거 있어?"

"어느 쪽이든 좋지. 건강하게 태어나주기만 한다면."

"우와, 전형적인 대답."

"시끄럽기는……."

미우는 배를 쓰다듬으며 탓군 쪽을 보았다.

"타쿠 오빠는?"

"굳이 따지라면 여자아이일까. 정말로 굳이 따지라면 그렇다는 거지만."

"타쿠 오빠는 딸이 태어나면 팔불출이 될 것 같아."

"그러게."

"뭣하면 지금 여기에 있는 16살 딸에게 팔불출 부모의 모습을 보여줘도 괜찮거든? 현금 같은 걸로."

"그래, 그래."

미우의 농담을 탓군이 웃으며 넘겼다.

그런 두 사람을 보며 나도 흐뭇해졌다.

나의 소중한 남편과 딸.

소중하디소중한 가족.

이 셋이서 네 번째 가족을 맞을 준비를 하고 있다. 그게 왠지 터무니없이 행복한 것 같아서 방심하면 눈물이 나올 것 같다.

"아. 그러고 보면 이름은 이미 정했어?"

"일단은 정했어. 그렇지? 탓군."

"어떻게든 정했죠."

"오, 그렇구나. 하지만 괜찮겠어? 아직 성별이 확정된 게 아닌데."

"괜찮아. 남녀 둘 다 어울리는 이름으로 정했으니까."

너무 특이한 것도 아니고, 그렇다고 너무 무난하지도 않게.

너무 시대를 앞서가지도, 너무 뒤처지지도 않게.

너무 기발하지도, 너무 고풍적이지도 않게.

획수도 나쁘지 않고.

뭔가 그럴싸한 의미가 있고.

그리고—— 남녀 둘 다 쓰는 이름.

둘이서 이리저리 고민한 끝이 간신히 괜찮은 이름을 떠올렸다.

거기에 이르기까지의 과정은…… 이만저만 고생이 아니었다.

"……힘들었지, 탓군."

"……네. 정말로."

"……깜빡 획수를 조사해버린 게 최대의 실패였어."

"……그게 지옥문을 열었죠."

막상 정한 이름을 살짝 조사했다가 획수가 나쁘면…… 어마어마하게 신경 쓰였다.

'획수 풀이 같은 건 신경 안 써. 아무런 근거도 없잖아'라고 생각하려고 해도 계속해서 가슴 한구석에 남는 느낌.

'장래 이 아이가 자신의 획수를 조사하면 어쩌지?'라는 생각이 들었다.

'앞으로 무언가 불행한 일이 일어날 때마다 역시 이름의 획수가 나빠서 그런 거라는 생각이 들지도 몰라'라는 걱정이 들었다.

아아 진짜, 정말로 고생이었다니까!

언니는 미우의 이름을 정할 때 '깊은 의미는 없고 어감이 좋은 이름'이라고 했지만…… 그 사고방식과 결단력이 이제 와 존경스러웠다.

"뭐야, 이미 정한 거야? 내가 짓고 싶었는데."

약간 심드렁한 표정을 지으면서도 어딘가 수긍한 듯한 미우.

"그래서 이름이 뭐야?"

"그게."

"설마…… '러브카이저'의 캐릭터 이름은 아니지?"

"그그, 그럴 리가 없잖아!"

뜨끔해서 몸이 굳었다.

그 패턴은…… 꽤 진지하게 검토했지만!

좋아하는 캐릭터의 이름을 그대로 붙이거나 좋아하는 캐릭터의 이름에서 발음만 빌리고 한자는 바꾸는 패턴도 진지하게 검토했지만!

그래도…… 아슬아슬하게, 아슬아슬하게 어떻게든 셀프 폐기했다.

"이 아이의 이름은…… 으음, 어떻게 할까. 역시 태어날 때까지 비밀로 해둘까."

"뜸 들이지 말고 빨리 가르쳐줘."

"에이. 알았어."

나는 배를 문지르면서 말했다.

"이 아이의 이름은──."

제6장
결혼과 예식

♥

"——츠바사."

뒤를 돌아 딸의 이름을 불렀다.

대기실 문 틈새로 얼굴을 빼꼼 내밀고 있다.

크고 또렷한 눈에 갈색 생머리. 오늘은 결혼식이므로 원피스형 드레스를 입고 머리에는 하얀 꽃장식을 달았다.

천사처럼 사랑스러운 딸.

나이는 올해로—— 벌써 다섯 살이 되었다.

"엄마!"

츠바사는 나를 보더니 환한 얼굴로 달려왔지만.

"——거기서 스톱."

"아우."

뒤에서 어깨를 붙잡히는 바람에 강제 급브레이크를 밟는 츠바사.

나의 또 다른 딸—— 미우였다.

"안 돼, 츠바사. 엄마는 지금 막 옷을 갈아입었으니까."

"우우, 왜?"

불만인 츠바사를 달래듯 미우가 말했다.

"비싼 드레스를 빌린 거라 더러워지거나 찢어지면 큰일이잖아?"

"혼나?"

"혼난다고 할까…… 돈을 많이 뜯겨."

"우응, 그렇구나."

이해한 건지 못한 건지, 우선은 순순히 고개를 끄덕이는 츠바사였다.

그런 두 사람의 대화를 보며 나는 천천히 일어났다.

익숙하지 않은 드레스라서 일어나는 것만으로도 쉽지 않다.

새삼── 미우를 바라보았다.

귀여운 레이스가 달린 파란색의 화려한 파티 드레스. 하이웨이스트 디자인이기 때문에 미우의 흰칠함이 두드러졌다.

어쩐지 평소보다 한층 어른스럽게 보인다.

뭐, 이제 어른이라면 어른이지만.

고등학교를 졸업하고 지금은 센다이에서 대학에 다니고 있다.

집을 나가 혼자 살고 있으며 나이도 딱 스물이 되었다.

어른이라고 하면 어른, 아이라고 하면 아이.

참으로 복잡한 나이구나.

"예쁘네."

불현듯 미우가 말했다.

"잘 어울려, 엄마."

"저, 정말?"

"응. 옷이 날개라는 느낌."

"……그거 딸이 엄마에게 할 말이 아니거든."

"아하하. 농담이야."

가볍게 웃은 뒤 새삼 말했다.

"정말로 잘 어울려. 다행이네, 드디어 웨딩드레스를 입을 수 있게 되어서."

"……조금 부끄럽지만. 마흔을 코앞에 두고 이제 와서 결혼식에다 이런 화려한 웨딩드레스까지 입고."

그렇다.

츠바사를 낳은 지도 벌써 5년.

계속 30대라고 말해왔던 나였으나…… 이제 슬슬 30대에서 벗어나려고 하고 있었다.

얼마 후면 40대 돌입.

이 나이에 순백의 드레스를 입는 건 상당히 마음에 걸리는 게 있기도 하지만──.

"나이가 무슨 상관이야."

미우는 말했다.

"누가 뭐라고 하든 오늘은 엄마가 주인공이니까. 평생 한 번밖에 없는 대형 이벤트인데 부끄러워하는 건 아깝다고."

그렇게 말한 뒤 츠바사 쪽을 보았다.

"츠바사, 엄마 예쁘지?"

"응, 아주 예뻐. 공주님 같아!"

활짝 웃는 얼굴로 대답하는 츠바사.

"그러게, 공주님 같아."

미우도 동의했다.

"지금까지 계속 우리를 위해 열심히 살았잖아. 오늘 정도는 공주님이 되어도 괜찮아."

"미우……."

가슴에서 북받쳐 오르는 것이 있다.

눈두덩이가 단숨에 뜨거워진다.

"으, 흑…… 미우. 고마워, 고마워……."

"잠깐! 벌써 그러지 마!"

허둥지둥 휴지를 가지러 가는 미우.

"진짜 뭐 하는 거야……? 화장이 무너지잖아."

"하, 하지만……."

"지금부터 울면 오늘 하루가 걱정인데……."

내가 얼굴을 내밀자 미우가 눈물을 닦아주었다.

화장이 지워지지 않도록 작게 접은 휴지로 콕콕.

"언니, 츠바사도 콕콕 할래!"

"안 됩니다. 잠깐만 기다려."

눈물을 다 닦은 타이밍에── 문을 노크하는 소리가 들렸다.

들어오라고 대답하자.

"──아야코."

익숙한 목소리와 함께 문이 열렸다.

나타난 사람은 하얀 턱시도를 입은 청년.

장신에다 호리호리한데 꽤 근육질로, 남성의 매력이 넘치는 체형.

전업주부 경력도 오래되었는데 스무 살 때와 체형이 전혀 바뀌지 않았다.

……왜 안 바뀌는 거지? 나는 지난 5년 새에 ○kg이나 쪄서 웨딩드레스를 입으려고 죽어라 다이어트했는데……!

체형은 바뀌지 않았지만, 얼굴은 조금 바뀌었다.

아직 어딘가 앳된 인상이 남아있던 스무 살 때와는 다르게 지금은 완연한 청년이 되어 날렵한 인상이다.

사랑하는 내 남편——.

"아빠!"

츠바사가 그에게 달려갔다.

"어이쿠. 하하."

돌진을 받아낸 뒤 익숙한 손길로 츠바사를 안아 들었다.

"츠바사도 여기에 있었구나."

"응, 언니에게 데려다 달라고 했어."

"엄마 만나고 싶다고 고집을 부려서."

"그랬구나. 어른들은?"

"이미 다들 모였어."

오늘 일정은 결혼식 앞에 먼저 친족 소개가 있다.

뭐, 친족 소개라고 해도 카츠라기 가와 아테라자와 가는 이미 몇 번이나 만난 사이고, 오본과 정월은 같이 축하하기도 하는 사이이므로 정말로 형식상의 코너다.

기념사진을 찍기 위해 모인다는 느낌.

"탓——."

말을 걸려다가 순간 삼켰다.

위험해라.

이제는 이렇게 안 부르고 있는데.

직전까지 회상에 잠겨 있었기 때문에 그만 옛날의 호칭으로 부를 뻔했다.

10살 때부터 그렇게 불러온 탓에 좀처럼 바꿀 타이밍을 잡지 못하고, 사귄 뒤에도 결혼한 뒤에도 계속 '아야코 씨'와 '탓군'으로 불렀다.

그런 풋풋한 관계도 이제는 그립다.

"——타쿠미."

내가 부르자 타쿠미는 츠바사를 안은 채 이쪽으로 몸을 돌렸다.

눈을 조금 크게 뜨고는 놀란 얼굴이 되었다.

찰나의 침묵 후.

"굉장히 아름다워. 잘 어울려."

그렇게 말했다.

조금 쑥스러운 듯, 하지만 분명하게.

"으응? 정말로?"

"정말로."

"고마워. 타쿠미도 턱시도 잘 어울려."

"정말로?"

"정말이고 말고."

"그렇구나. 아하하."

"우후후."

우리가 훈훈한 기분에 잠겨있을 때.

"……아니, 뭔데 이 신혼 같은 분위기는?"

미우가 질색했다.

"결혼한 지 벌써 5년이나 지났는데…… 언제까지 이렇게 갓 사귄 커플 같은 분위기를 만드는 거야?"

절절히 한숨을 쉬었다.

"애초에 타쿠 오빠, 엄마가 드레스 고를 때 계속 같이 갔으니까 이젠 질릴 때도 되지 않았어?"

"전혀 안 질려. 몇 번을 봐도 즐겁고 볼 때마다 행복해."

당당하게 말하는 내 남편.

기쁘기도 하고 부끄럽기도 하고.

애 앞에서도 전혀 주저하지 않고 사랑을 읊는단 말이지.

"……하지만 정말로, 타쿠미에게 고마워. 나는 내가 웨딩드레스를 입을 수 있을 줄 몰랐으니까."

미우를 거뒀을 때 어머니가 되겠다고 각오했다.

평범한 연애보다 미우를 위해 인생을 바치기로 마음먹었다.

결혼도 결혼식도 경험하지 않고 나는 어머니가 되었다.

그 후—— 우여곡절을 겪고 옆집 사는 대학생과 연애하게 되고…… 예상치 못한 임신.

그리고 출산.

직후에 시작된 육아.

결혼식을 올릴 여유 같은 건 없었다.

조금 섭섭해하면서도 어쩔 수 없다고 포기했다.

하지만.

츠바사가 5살이 되고 육아도 일단락되자 그가 제안했다.

결혼식을 올리자고.

오늘이 올 때까지 나보다 훨씬 열심히 준비해주었다.

"고마워, 타쿠미."

"아니, 괜찮아. 내가 하고 싶어서 한 것뿐이니까. 결혼식을 못한 게 계속 마음에 걸렸거든."

그가 활짝 웃었다.

완전히 어른이 된 그이지만 웃으면 조금 어린 아이 같아진다.

10살 때, 소년이었던 시절의 흔적이 남아있다——.

"나야말로 고마워. 정말로 기뻐. 아야코와 결혼식을 올리게 되어서."

"타쿠미……."

"……하이고. 열렬해라."

서로를 바라보고 있었더니 진저리를 내는 목소리가 끼어들었다.

"정말이지, 언제까지 러브코미디 주인공처럼 살 생각일까? 이 두 사람."

"……뭐 어때."

그가 조금 불퉁하게 말한 뒤 품속에 있는 츠바사를 바라보았다.

"츠바사. 엄마랑 아빠가 사이좋은 게 좋지?"

"응! 사이 좋은 게 좋아!"

"그거 봐."

"아 넵, 수고하십니다."

우쭐거리는 타쿠미를 향해 어깨를 으쓱하는 미우.

그리고는 시계를 바라보았다.

"이제 웨딩 플래너랑 만난다고 했던가?"

"그래. 최종 확인 같은 게 조금 남았거든."

타쿠미가 대답하자 미우가 츠바사에게 손을 내밀었다.

"그럼 우리는 슬슬 돌아갈게. 이리 와, 츠바사."

품에서 품으로 츠바사를 받은 뒤 바닥에 살며시 내려놓았다.

"우……, 츠바사는 엄마랑 아빠랑 있고 싶어……."

"둘 다 금방 올 거야. 저쪽에서 할머니 할아버지랑 기다리자. 응?"

"……네."

얌전히 고개를 끄덕이는 츠바사.

"바이바이. 엄마, 아빠. 빨리 와."

대단히 사랑스러운 얼굴로 그렇게 말한 뒤 츠바사는 우리에게 등을 돌렸다.

미우와 함께 걸어간다.

순간——.

그 뒷모습이 과거의 미우와 겹쳐졌다

아직 5살이던 미우와——.

"아."

나도 모르게 목소리가 나올 뻔했지만 금방 문이 닫혔다.

"왜 그래?"

"……으으응. 아무것도 아니야."

작게 고개를 저었다.

"그냥 잠깐 옛날 생각이 나서. 아직 미우가 지금의 츠바사만 했을 때."

"……아, 그렇구나. 아야코가 미우를 거둔 게 마침 지금 츠바사 또래일 때였지."

"응."

미우가 5살 때 나는 어머니가 되었다.

싱글맘으로서 살기로 결심했다.

그런 내가—— 지금은 남편도 있고 아이도 낳았다.

그 아이가 벌써 5살이 되었다.

그 무렵의 미우와 같은 나이.

어쩐지 조금 재미있다.

시간의 흐름을 실감했다.

"미우가 지금 츠바사만 할 때 나는 어머니가 되기로 결심하고, 싱글맘으로 10년 정도 살았지. 하지만…… 그래."

한 번 눈을 감고 지난 5년을 떠올렸다.

"……애가 5살이 될 때까지 이렇게나 힘들 줄은 몰랐어."

"……그러게."

힘들었다!

정말로 힘들었다!

수유, 분유, 기저귀, 목욕…… 혼자서는 아무것도 못 하고, 눈을 떼면 뭘 저지를지 알 수 없는 아기를 24시간 풀타임으로 돌봐야 하는 중노동.

실패가 용납되지 않는 공포.

한 생명을 맡고 있다는 중책감.

아기는 이쪽의 마음고생 몸 고생도 모른 채 자신의 사정만을 밀어붙인다. 안 먹는다. 못 먹는다. 너무 많이 먹으면 토한다. 자야 할 때 자지 않는다. 자면 안 될 때 잔다. 이게…… 이게 갓난아기를 키운다는 것.

물론 즐겁지 않은 건 아니다.

행복하지 않은 건 아니다.

처음으로 몸을 뒤집었던 날.

처음으로 '엄마'나 '아빠'라고 불렀던 날.

처음으로 기었던 날.

처음으로 혼자 일어났던 날.

처음으로 걸었던 날.

그 모든 것이 무엇과도 바꿀 수 없는 보물이다.

하지만………… 힘든 건 힘든 거고!

타쿠미가 전업주부가 되어 줘서 정말 다행이야!

출산 직후, 가장 골골거릴 때 타쿠미가 만약 평범하게 구직 활동을 하고 다녔다면 확실하게 앓아누웠을 자신이 있다. 전업주부가 된다는 결단을 내려준 그에게 더없이 감사하다.

"둘이서…… 아니, 미우와 셋이서 키워도 그렇게 고생이었으니까…… 피치 못할 사정으로 혼자 키워야만 하는 싱글맘들은 정말로 힘들겠다……."

"행정 서비스 같은 걸 제대로 이용해줬으면……."

"……그 산후 중노동을 경험하지 않고 당당히 싱글맘이라고 자칭했던 게 조금 면목이 없어졌어."

"어째서. 아야코는 미우를 제대로 키웠으니까, 당당하면 돼."

가볍게 웃는 타쿠미.

나는 크게 숨을 내쉬었다.

"어리던 미우도 지금은 대학생이 되어서 혼자 살고 있고⋯⋯. 아기였던 츠바사도 벌써 5살⋯⋯. 말도 잘하고 걷기도 잘하고, 이젠 어린이집에 다니고 있으니⋯⋯. 정말 순식간이구나⋯⋯."

밀도가 너무 높은 시간이었다.

전부 다 진하고 강렬해서 잊고 싶어도 잊을 수 없을 것 같다.

"나도 이제 어엿한 아줌마구나."

"아야코는 아줌마가 아니야."

"⋯⋯아니, 아무리 그래도 이젠 아줌마지."

30대 초반이라면 그래도 열심히 반론하고 싶었겠지만⋯⋯ 아무리 그래도 마흔을 앞두고는 어렵다. 변명의 여지도 없다.

완벽하게 아줌마다.

20대 초반인 타쿠미와 같이 생활하면서 내 나이를 절절히 실감했다.

이젠 일종의 해탈에 도달해서 아줌마라고 불려도 눈썹 하나 까딱하지 않게 된 요즈음이지만──.

그러나 타쿠미는 그런 나를 똑바로 바라보았다.

"확실히 나이는 먹었을지도 모르지만, 아야코는 늘 아름다워. 늘 아름답고, 지금이 제일 아름다워."

"⋯⋯⋯⋯."

"처음 만났을 때부터 내 마음은 변하지 않았어. 세상에서 제일 소중한, 제일 사랑하는 사람⋯⋯."

기름이 줄줄 흐르는 멘트를 늘어놓는다.

조금 부끄러운 듯, 하지만 내 눈을 똑바로 응시하면서.

오늘이 결혼식이니까——라는 이유도 아닐 거다.

타쿠미는 항상 이런 느낌이다.

물론 매일 이러는 건 아니지만…… 그래도, 언제나 진심으로 사랑을 속삭인다. 내가 원할 때, 원하는 말과 마음을 준다.

"그렇구나."

나는 웃었다.

"뭐, 타쿠미는 원래 성숙녀 취향이니까. 내가 나이를 먹을수록 좋아하려나?"

"……아니, 그런 게 아니라. 애초에 나는 성숙녀 취향이 아니라고 몇 번이나 말했잖아."

"농담이야."

안다.

이제는 알고 있다.

이 사람이 나를 사랑한다는 걸.

빈말도 뭣도 아니고, 진짜로 나를 아름답다고 생각한다는 걸.

배 속이 간질간질해지는 사랑의 말도 지금은 순순히 받아들일 수 있다.

사랑받고 있다고 진심으로 실감할 수 있다.

"나도 사랑해."

나는 말했다.

"아마 나도, 처음 만났을 때부터 계속."

립서비스── 같은 건 아니다.

처음 만났을 때는 동네 꼬맹이 정도로만 인식했…… 을 텐데, 사람의 기억이란 정말로 신기해서── 지금 생각해 보면 어쩐지 처음 만난 순간부터 막연히 운명을 느꼈던 것 같은 기분도 든다.

첫눈에 반했던 게 아닐까.

……뭐, 정말로 그렇다면 나는 10살짜리 소년에게 첫눈에 반했다는 소리가 되니까 그건 그거대로 문제지만── 그래도.

그래도 괜찮다.

그와의 만남 전부에 운명을 느끼고 싶다.

그런 생각이 든다는 게, 분명 무엇보다도 운명이겠지.

"……아하하."

한동안 마주 바라본 후, 견딜 수 없게 된 내가 웃었다.

"왠지 또 러브코미디를 찍는 것 같은데. 아까 미우에게 한 소리 들은 직후인데."

"뭐 어때."

타쿠미는 말했다.

"나는 아야코와 평생 러브코미디처럼 살고 싶어. 할아버지가 되어도 할머니가 되어도, 이런 식으로 러브코미디의 주인공이 되자."

가볍게 웃으며 천연덕스럽게 뱉은 그 말에—— 왠지 무작정 가슴이 두근거렸다.

기습이었던 만큼, 평소 진지하게 사랑을 말할 때보다 더 가슴에 깊게 꽂힌 느낌이 든다.

평생 러브코미디처럼.

그건 어쩐지 터무니없이 행복한 일일 것만 같다.

아줌마가 되어도, 할머니가 되어도.

결혼해도, 자식이 태어나도, 손주가 태어나도, 증손주가 태어나도.

평생 러브코미디——.

"……그러게."

잠시 침묵한 뒤, 나는 대답했다.

"——탓군."

"……풉."

큰맘 먹고 불러보자 타쿠미가 화들짝 놀랐다.

"뭐, 뭐야, 갑자기."

"후후. 뭐 어때."

"오랜만에 그렇게 불리니까 되게 부끄럽네."

"그런 소릴 하고. 옛날에는 이게 당연한 호칭이었잖아?"

아니.

인생 전체로 따지면 '탓군'으로 불렸던 기간이 압도적으로 길다.

'타쿠미'라고 부르게 된 건 아직 5년 정도니까.

"가끔은 이런 것도 좋지? 탓군."

"하, 하지 마. 부끄럽다고."

"탓군, 탓군."

"……!"

"후후. 있지, 탓군도 옛날처럼 불러봐."

"뭐? 진심으로?"

"진심으로."

내 부탁에 얼굴이 빨개져서 쑥스러워한다.

이윽고 각오를 굳힌 듯한 얼굴로 말했다.

"아, 아야코 마마."

"……프헉!"

사레들렸다.

신나게 사레들렸다.

화장이 지워지는 게 아닌가 걱정될 정도로 콜록거렸다.

"자, 잠깐만, 탓군! 왜?!"

"어라? 틀렸어?"

"그냥 '아야코 씨'면 되잖아!"

"아, 그쪽이구나."

"그쪽이구나, 가 뭐야 정말……."

하아…… 깜짝이야.

아야코 마마라니.

설마 이제 와서 그 호칭이 나올 줄은 몰랐다.

"확실히 조금 위험하네요. 지금 '아야코 마마'라고 부르는 건……."

"진짜……. 이제 둘 다 어른인데. 만에 하나 누가 들으면……."

"……그런 부부라고 생각할 걸요."

"……응."

창백하게 질리는 우리였다.

하지만 바로.

"……후후."

"아하하."

동시에 웃음을 터트렸다.

아아, 정말이지.

오늘은 결혼식이고, 멋지게 폼을 잡는 소중한 날인데 왜 이렇게 코믹한 분위기가 되어버린 걸까?

하지만── 이래도 괜찮을지도 모른다.

이런 식으로 러브와 코미디를 하는 게 우리다운 건지도 모른다.

그리고──.

똑똑.

문을 노크하는 소리.

담당 웨딩 플래너가 들어와서 셋이 함께 오늘 일정을 최종적으로 확인했다.

한 차례 설명이 끝난 뒤 웨딩 플래너가 나갔다.

우리도 슬슬 가야만 한다.

먼저 친족 소개부터.

"갈까, 아야코."

"응."

우리의 결혼식이 시작된다.

친족 소개는 막힘없이 끝났다.

사진 촬영도 완벽.

이어서── 예식.

친족들이 내 아버지를 남기고 예배당으로 이동한 후, 이미 식장에 와 있던 다른 하객들도 차례차례 입장한다.

드디어 식이 시작된다.

웨딩 플래너의 인사 후 먼저 신랑 입장.

타쿠미가 예배당으로 향했다.

그리고 나는 조금 늦게 아버지와 입장했다.

문을 열기 전 아버지는 조금 울고 있었다.

너와 걷게 될 줄은 몰랐다면서.

미우를 남기고 이 세상을 떠난 언니에 대해.

미우를 데려와 키운 나에 대해.

그리고 츠바사를 키운 나와 타쿠미에 대해.

온갖 상념이 넘쳐흐른 모양이다.

나도 깜빡 눈물이 전염될 뻔했지만 어떻게든 필사적으로 참았다.

여기서 울었다간 오늘만 몇 번을 우는 지 알 수 없을 정도니까.

예배당의 문이——열린다.

장엄한 곡과 함께 나와 아버지는 버진로드를 걸어간다.

천천히, 천천히.

결코 큰 예배당은 아니고, 성대한 결혼식도 아니지만 그래도 괜찮다. 우리에게 정말로 소중한 사람만을 부를 수 있었으니 그걸로 충분하다.

예배당 의자에는 잘 아는 하객들이 많이 있었다.

'라이트십'의 직원들.

15년 넘게 신세 진 우리 회사.

입사 당시부터 같이 일했던 사람도 있고, 최근에 알게 된 사람도 있다.

초대한 사람 중에는——당연히 오이노모리 씨도 있다.

가장 많이 신세 졌고, 지금도 신세 지고 있는 사람.

은인이라고 할 수 있다.

부끄러워서 좀처럼 입 밖에 내지는 못하지만.

오늘도 검은색 바지 정장 스타일을 말쑥하게 소화하고 있다.

벌써 쉰이 가까워졌는데 여전히 젊어 보인다.

……진짜 이 사람은 왜 나이를 안 먹는 거지?

무슨 30대 초반 정도로 보이는데.

그러고 보면 아유무는 그가 고등학교에 입학하는 타이밍에 같이 살게 되었다고 한다. 고등학교에서 게임부에 들어가 세계대회에도 나가는 수준으로 활약하고 있다고 들었다. 종종 '라이트십'에도 얼굴을 비추며 게임회사 사람과 대화하기도 하고…… 후계자 계획은 착착 진행 중인 모양이다.

이어서 반대쪽──.

타쿠미 쪽의 하객에게 시선을 옮겼다.

대학 시절의 친구들을 중심으로 초대했다.

얼굴을 본 적이 없는 사람도 있지만, 다들 이야기는 들어봤──.

응, 어라?

뭔가…… 굉장한 미녀가 있는데?!

화사한 파티 드레스. 스커트의 길이는 조금 짧아서 가늘고 아름다운 다리가 보였다. 깔끔하게 화장한 얼굴은 너무도 가련해서 소녀의 순수함과 어른의 요염함을 겸비한 듯한 절세 미녀였다.

신랑 측 자리에 있다는 건 타쿠미의 친구인 거지?

저렇게 예쁜 여자를 불렀던가……? 애초에 결혼식에 이성 친구를 부르는 건…… 아니, 그걸로 뭐라고 하는 건 시대착오적인가. 남녀 사이에 우정이 없지도 않을 테고…….

순간 속이 답답해진 나였지만—— 바로 깨달았다.

앗.

저 사람…… 사토야다.

우와, 우와, 우~와~~~.

굉장히 예뻐졌잖아, 저 애……!

지금도 '나에게 잘 어울리는 옷'을 계속 입는구나.

대학 졸업 후 평범하게 취직해서 작년에 결혼.

지금 부인은 임신 중이라고 들었는데…… 그래도 저런 느낌이구나.

하하, 세상 참 넓네…….

이어서—— 친족 자리에 시선을 옮겼다.

조금 전 인사를 나눈 양가의 친족이 나란히 앉아있다.

츠바사를 키우면서 카츠라기 가와 아테라자와 가 양쪽에 신세졌다.

특히 옆집인 아테라자와 가에는…… 정말로 정말 많이 신세졌다. '바로 옆집에 시부모가 사는 건 힘들지 않아?'라는 소릴 들은 적도 있었지만, 전혀 그렇지 않았다. 옆집에 살기 시작한 뒤로 15년 동안 내내 의지해왔다. 앞으로 조금씩이라도 좋으니 은혜를 갚고 싶다.

카츠라기 가 쪽에는 내 부모님과 친척.

그리고—— 미우와 츠바사가 앉아있다.

귀엽고 사랑스러운 나의 두 딸.

나의 보물.

나의 가족.

이윽고──.

한 칸 높은 곳에 서 있는 그의 앞에 도착했다.

천천히 걸어왔는데도 어째서인지 순식간이었다.

타쿠미.

아테라자와 타쿠미.

탓군.

아빠.

소중한 가족이자 세상에서 제일 소중한 사람──.

내 손이 아버지에게서── 그의 손으로 넘어갔다.

나는 그와 나란히 서서 함께 선서를 읽어 나갔다.

오늘의 결혼식은 신전식이 아니라 인전식.

신이 아니라── 인간에게 맹세한다.

신세진 사람들에게, 소중한 친구와 친족들에게 맹세한다.

우리가 결혼한다는 걸.

부부로서, 가족으로서 영원히 함께 걸어간다는 걸──.

뭐.

우리 두 사람은 이미 결혼했으니까 오늘부로 무언가가 극적으
로 바뀌는 건 못하겠지.

결혼 5년 차에 드디어 결혼식.

아무것도 바뀌지 않는다.

내일부터도—— 우리는 걸어간다.

다만, 그래도 역시 하나의 절기를 맞은 듯한 기분이 들었다.

인생의 한 단락.

이야기의 한 챕터.

그러한 것을 느끼고 감개무량해졌다.

딱딱한 표현 말고 이해하기 쉽게 말하자면——.

아무튼 무지막지 행복하다는 소리!

선서 후에는 맹세의 키스.

사람들 앞에서 키스하려니 부끄러워 어쩔 줄 몰랐지만, 지금은 어떻게든 자연스럽게 할 수 있었다. 그와 여기서 키스하는 게 더없는 필연처럼 느껴졌다.

나는 카츠라기 아야코.

3n살.

고등학생 딸이 있는 싱글맘.

이 아니라.

대학생인 딸과 5살인 딸, 그리고 사랑하는 남편이 있는, 무척이나 행복한 어머니.

앞으로도 계속, 가족과 함께 행복하게 살아간다.

에필로그

♣

츠바사는 츠바사!

5살!

아무튼 5살!

얼마 전엔 4살이고, 지금은 5살!

다음은 6살이 됐댔어!

5살 어린이의 아침은 일찍 시작한다!

"엄마, 일어나! 일어나!"

침대에서 눈을 뜬 츠바사는 옆에서 자는 엄마를 깨워준다.

"……응. 으응."

엄마는 천천히 눈을 뜬다.

"좋은 아침, 엄마!"

"츠바사…… 좋은 아침."

"일어나! 아침이야!"

"으응…… 아직, 7시잖아……. 오늘은 일요일인데……."

베개 옆에 있는 수마투폰을 보고 졸린 목소리로 말했다.

"조금만 더 잘게……. 엄마 어제 일하느라 늦게 잤어……. 담당 작가님이 원고를 통 안 줘서……."

"우우, 싫어! 일어나!"

"앞으로 한 시간만…… '러브카이저' 시작할 때는 반드시 일어날 테니까."

"싫어싫어, 일어나아아!"

"……아, 알았어. 알았다고."

몸을 계속 흔들자 엄마가 간신히 일어났다.

침대에서 내려가 끙차 기지개를 켰다.

"끄응. 좋아. 오늘도 힘내야지."

"엄마, 가슴 튀어 나갈 것 같아."

"……꺄악!"

파자마에서 반쯤 튀어나와 있던 가슴을 허둥지둥 집어넣는 엄마.

츠바사의 엄마는 가슴 진짜 크다니까.

다른 엄마들보다 훨씬 큰걸.

츠바사도 어른이 되면 커질까?

"엄마, 안아줘!"

"그래, 그래. 어휴, 몇 살이 되어도 애기라니까."

엄마의 품에 안겨서 아래층으로 내려갔다.

부엌에 가자 아빠가 이미 일어나 있었다.

뭔가 요리하고 있다.

츠바사는 엄마에게 내려달라고 한 뒤에 이번엔 아빠에게 갔다.

"아빠, 좋은 아침!"

"오, 츠바사. 좋은 아침?"

아빠에게 안아달라고 했다.

힘이 세니까 번쩍 안아 들어 준다.

엄마가 할 때는 들어 올리기 전에 한 번 '……좋아' 하는 시간이 있다.

"좋은 아침, 타쿠미."

"좋은 아침, 아야코. 일찍 일어났네."

"츠바사가 깨웠거든."

"어제 늦게 잤잖아? 조금 더 자도 돼. '러브카이저' 할 때 되면 깨우러 갈 테니까."

"아니, 괜찮아."

엄마가 방긋 웃으며 말했다.

"오늘은 츠바사와 많이 놀아주기로 결심했거든. 요즘 일주일 정도 계속 일만 하느라 놀아주지 못했으니까."

그러더니 엄마가 츠바사 쪽을 봤다.

"오늘은 많이많이 놀자, 츠바사."

"응, 놀자!"

"알았어. 그럼 아침 차릴 테니까 잠깐 기다려."

아빠는 츠바사를 내린 뒤 다시 요리하기 시작했다.

우리 집에서는 아빠가 요리할 때가 많다.

'주부'라고 하는 모양이다.

밖으로 일하러 가지 않고 집안일을 많이 해 주는 아빠를 그렇게 부른다고 한다. 하지만 그런 엄마도 '주부'라고 부른다고 한다. 츠바사는 무슨 차이인지 아직 잘 모르겠다.

하지만 아빠는 츠바사가 어린이집에 가 있는 동안 '아루바이투'로 일하기도 하고, 요즘은 '구직 활동'도 시작했다고 하니 금방 '주부'가 아니게 될지도 모른다.

으으음.

츠바사에게는 어려워서 잘 모르겠다.

아침밥이 되는 걸 기다리고 있을 때.

"흐아암, 좋은 아침."

언니가 일어났다.

느릿느릿 거실로 들어왔다.

"언니, 좋은 아침!"

"츠바사, 좋은 아침."

"좋은 아침, 미우. 별일이네. 일요일에 일찍 일어나다니."

"오늘은 센다이에 돌아가기 전에 츠바사랑 많이 놀아주기로 약속했거든. 그렇지? 츠바사."

"응, 언니랑도 같이 놀아!"

언니는 어제 우리 집에 자러 왔다.

평소엔 센다이에서 혼자 살지만, 쉬는 날에는 꽤 자주 집에 돌아온다.

'츠바사가 보고 싶어서'라고 말해준다.

언니는 츠바사를 아주 좋아하고, 츠바사도 언니를 아주 좋아한다.

하지만 그것만이 아닌 것 같다.

"타쿠 오빠, 나 커피 부탁해."

"알았어."

"미우도 참. 그 정도는 직접 해."

"뭐 어때. 가끔 본가에 돌아왔을 때 정도는."

"너는 툭하면 돌아오잖아……. 그리고 그 '타쿠 오빠'라는 호칭도 이제 그만 고쳐야지."

"하지만 타쿠 오빠는 타쿠 오빠인걸. 이제 와서 '아빠'라고 어떻게 불러."

"나 원……."

"그렇게 따지면 나는 아직까지 두 사람이 서로를 이름으로 부르는 게 징그럽거든. 위화감 넘쳐……."

"어, 어째서?!"

"엄마는 역시 '탓군'이어야지."

"안 불러! 이제 그만뒀어!"

"그렇게 말하면서 둘만 있을 때는 부른다거나?"

"그그, 그럴 리 없잖아."

얼굴이 새빨개지는 엄마랑 즐거워 보이는 언니.

츠바사는 안다.

아마 언니는 쓸쓸해서 돌아오는 게 아닐까?

왜냐하면.

언니도 엄마랑 아빠를 아주 좋아하니까.

츠바사를, 그리고 두 사람을 보고 싶어서 자주 돌아오는 거야.

너무너무 좋아하는 가족을 만나러.

"밥 다 됐어."

아빠가 차린 밥을 넷이서 같이 먹는다.

츠바사는 이제 혼자서도 잘 먹을 수 있다.

젓가락도 쓸 수 있다. 에헴!

"츠바사, 밥 먹으면 '러브카이저' 시작할 때까지 뭐 할래?"

엄마가 물어봤다. 그 옆에서 언니가 작은 목소리로 '……러브카이저는 확정이구나'라고 중얼거렸다.

"우웅, 결혼식 비디오 보고 싶어!"

"결혼식?"

언니가 눈을 동그랗게 떴다.

"그게 보고 싶어?"

"응, 아주 재밌었으니까!"

"츠바사는 결혼식 비디오 보는 걸 좋아하더라."

"벌써 몇 번을 본 건지 모르겠어."

엄마랑 아빠가 말했다.

"흐응. 뭐 괜찮지만…… 그거 좀 부끄러운데."

"언니 울었으니까."

"……시끄러워."

츠바사가 말하자 언니의 얼굴이 조금 빨개졌다.

"후후. 부끄러워할 거 없어, 미우. 나는 피로연에서 몇 번을 울었는지 모르는걸."

"……그러게. 특히 여흥 행사 때…… '러브카이저 솔리테어'였던 츠나기 마리아 씨가 서프라이즈로 등장했을 때라거나."

"──!"

"엄마, 믿기지 않을 만큼 흥분해서는 펑펑 울었지……."

"나는 사전에 알고 있었지만…… 설마 그렇게까지 광희난무할 줄은 몰랐어……."

"내 편지 낭독 때보다 더 울었던 것 같아. 딸로서 좀 심경이 복잡해……."

"어, 어쩔 수 없잖아! 츠, 츠나기 마리아 씨가 와 줬는데! 이젠 배우 일이 주력이라 성우로는 전혀 소식이 없었는데…… 나를 위해 히유밍의 캐릭터송을 불러줬다고! 그랬으니…… 침착할 수 없는 게 당연하잖아!"

'삐로연'에서는 옛날 '러브카이저'였던 사람이 '서푸라이즈 게수트'로 등장했다.

엄마랑 아는 사이인 오이노모리 씨라는 사람이 불러줬다고 한다.

엄마는 그 사람을 아주 좋아했던 건지…… 깜짝 놀랄 만큼 울었다.

울면서 마구 기뻐했다.

5살인 츠바사보다 5살이 되어서 츠바사는 조금 기분이 복잡했다.

"아아, 좋겠다."

츠바사는 말했다.

"츠바사도 결혼식 해보고 싶어."

예쁜 옷을 입고 사람들에게 축하받고.

엄마랑 아빠의 결혼식은 굉장히 즐거워 보였다.

"츠바사의 결혼식은 아직 한참 뒤려나."

언니가 웃으면서 말했다.

"우우, 왜?"

"먼저 상대방이 있어야지."

"이미 있는데."

어? 하고 놀라는 언니.

츠바사는 의자에서 내려가 아빠에게 달려갔다.

그리고 아빠의 팔을 꽉 붙잡았다.

"츠바사는 아빠랑 결혼해!"

다들 놀란 얼굴이 되었다.

이상하네.

왜 놀라는 거지?

츠바사는 이상한 말 하나도 안 했는데.

"응? 아빠. 괜찮지?"

"……저기."

"츠바사는 아빠가 너무 좋아. 아빠도 츠바사 좋아하지?"

"조, 좋아하지만."

"그럼 결혼! 결정!"

아빠는 어쩐지 애매한 표정을 지었다.

엄마도 마찬가지다.

"저, 저기 츠바사. 마음은 이해하지만 아빠와는——."

그런 식으로 무언가 말하려던 도중에.

"——괜찮지 않아?"

언니가 말했다.

장난을 떠올렸다는 얼굴로.

"츠바사, 아빠랑 결혼해버려."

"응, 할래."

"음, 하지만 사실은 나도 타쿠 오빠를 아주 좋아하거든."

그러니까.

라고 말한 뒤, 언니는 의자에서 일어났다.

그리고 아빠에게 다가왔다.

츠바사가 잡은 팔과는 반대쪽 팔을 세게 붙잡았다.

"나도 아빠랑 결혼해버릴까."

씩 웃으면서 말하는 언니.

아빠의 눈이 커졌다.

"자, 잠깐…… 무슨 소리야, 미우마저."

"괜찮지? 아니면 타쿠 오빠는 나 싫어?"

"시, 싫은 건 아니지만."

"그럼 좋아?"

"……조, 좋아하긴 좋아하지만."

"그럼 문제 없네. 자, 나랑 타쿠 오빠 결혼합니다."

그리고 언니는 아빠의 팔을 꼭 잡았다.

자랑하는 듯한 얼굴로 츠바사를 바라봤다.

"미안해, 츠바사. 아빠는 나랑 결혼할 거야."

"안돼! 아빠는 츠바사랑 결혼해!"

"안 되지 안 돼, 나랑 할 거야."

"츠바사랑~~!"

양 옆에서 팔을 잡아당기는 츠바사랑 언니.

"두, 둘 다…… 좀, 진정해."

아빠는 곤란한 듯 말하지만 왠지 조금 기뻐 보였다.

그때——.

"——아, 안 돼!"

엄마가 일어나서 외쳤다.

얼굴이 새빨갛다.

"절대로 안 돼! 아빠는 두 사람과는 결혼 못 해!"

커다란 목소리로 외친 뒤 우리를 향해 걸어왔다.

"확실히 아빠는…… 두 사람을 좋아해. 하지만 그건…… 뭐라고 하지, 다른 의미로 좋아하는 거야! 가족으로 좋아한다는 거야! 결혼하고 싶은 좋아해가 아니야!"

발끈한 듯 말하는 엄마.

그리고는 놀랍게도── 아빠에게 달라붙었다.

츠바사랑 언니에게서 억지로 아빠를 데려갔다.

그리고는── 꽈악 끌어안았다.

아주아주 세게 끌어안았다.

보는 츠바사가 깜짝 놀랄 정도로.

"미우, 츠바사. 잘 들어. 아빠는──."

엄마는 커다란 목소리로 말했다.

"딸이 아니라 나를 좋아한다고!"

〈完〉

후기

러브코미디 작품의 완결은 주인공과 히로인의 연애나 결혼 엔딩이라는 패턴이 많다는 느낌인데요……. 하지만 인생 전체로 보면 '그 후'가 더 길단 말이죠. 슬프게도 현대인의 인생은 아저씨, 아줌마가 된 뒤가 더 기니까요……. 연애를 시작한 뒤에, 결혼한 뒤에 더 긴 이야기가 이어집니다. 그런 시점에서 본다면 러브코미디 작품이란 인생이라는 장편 로맨스극 안에서 정말로 잠깐…… 섬광처럼 반짝이는 한순간을 잘라내서 작품으로 묘사한 게 아닐까요. ……아니 뭐, 그렇게 말하면 마치 결혼한 뒤에는 반짝이는 순간이 적다는 것처럼 들리지만요. 이 작품의 두 사람은 평생 러브코미디처럼 살며 반짝거렸으면 좋겠습니다.

뭐 그런 생각을 하는 노조미 코타입니다.

옆집 어머니와 순애하는 러브코미디, 제7탄──이자 마지막 권!

드디어 여기까지 왔습니다. 제 취향을 적나라하게 드러낸 이 작품에서 하고 싶은 건 전부 하고 완결입니다. 이제 미련은 없습니다. 역바니까지 해버렸으니.

그런 고로 마지막 권이니 캐릭터 해설!

카츠라기 아야코── 본작의 히로인이자 주인공. 싱글맘인데 모태 솔로라는 참으로 희귀한 존재입니다. 제 연상 취향의 집약체 같은 캐릭터 조형이라고 해도 되겠죠. 라노벨 업계의 히로인상에 돌 하나를 던진 행위가 되지 않았을까 멋대로 생각하고 있습니다. '연상 히로인은 성가신 타입이었으면 좋겠다'는 제 욕망 때문인지 대단히 성가신 성격이 되고 말았습니다. 평소엔 브레이크를 꽉꽉 당기는 주제에 가끔 액셀을 밟으면 풀파워로 폭주하는 게 좋죠. 계속 30대 초반임을 주장하며 나이를 애매모호하게 흐렸지만, 이번 에필로그에서 드디어 30대 후반이…… 하지만 뭐, 아야코 마마는 분명 언제까지고 아야코 마마일 겁니다. 그리고…… 러브카이저 관련은 아무튼 쓰면서 재밌었습니다!

아테라자와 타쿠미—— 본작의 주인공이자 히어로. '내가 30대 초반 싱글맘이라면 이런 대학생에게 대시받고 싶다'는 욕망으로 만들어낸 주인공입니다. 성실하고 일편단심이고 키도 크고 근육질. 흠잡을 곳이 별로 없습니다. 굳이 꼽으라면…… 후반에 들어 점점 욕망에 충실해졌다는 부분일까요……. 10살 때부터 옆집 사는 아야코 마마의 무자각 유혹을 끊임없이 받으면서 성벽이 완전히 비틀려버렸다는 느낌이 있지만, 그건 무척 행복한 일이자 운명이라고 부를 수 있는 것이었겠죠. 아마도. 대학에서 '얼티미트'를 한다는 설정은 조금 더 상세하게 쓰고 싶은 마음도 있었지만, 거길 열심히 파 봤자…… 라는 느낌이라서 거의 건드리지 않았습니다…….

카츠라기 미우—— 아야코 마마의 외동딸이었으나 마지막 권에서 장녀가 되었습니다. 쿨하고 어른스럽지만 이러니저러니 해도 사춘기 소녀. 이 아이가 태클 담당을 맡아주지 않았다면 이 이야기는 성립되지 않았을 겁니다. 처음에 히로인으로서 본격적으로 참전시켜 질척질척한 모녀 삼각관계가 되는 패턴도 잠깐 검토했었지만…… 편집부에서 강하게 반대해 3권 같은 형태가 되었습니다. 저도 이게 더 낫다고 생각해요! 미우는 어디까지나 딸이고, 어디까지나 소꿉친구. 마지막 권에서 살짝 자립해서 집을 나가기도 했지만…… 어쩐지 고향에서 취직해 본가로 돌아올 타입이라는 느낌이 듭니다.

오이노모리 유메미──아야코 마마의 상사이자 사장님. 방약무인하고 오만불손하고 막무가내. 그러면서도 어쨌거나 사원들에게 존경받는 사장님입니다. 실실 웃고 다니지만 가끔 본질을 꽉 찔러버리죠. 이런 캐릭터가 있으면 스토리를 꽉 조여주는 느낌이 듭니다. 처음엔 배경 설정은 별로 정해놓지 않았는데, 작품을 계속 써 가면서 점점 스토리가 만들어지더니 6권 같은 형태가 되었습니다. 아야코 마마와는 비슷하면서도 다른 한 명의 어머니. 참고로 '라이트십'의 모델은 말할 것도 없이 '스트레이트 엣지(일본의 엔터테인먼트 회사. '엄마좋아'도 해당 기업에서 관여한 작품이다.)' 입니다.

링고 사토야──타쿠미의 친구이자 여장남자. 가 아니라 자기에게 어울리는 옷을 입는 것뿐. 소위 '주인공의 친구 포지션에는 미남이지'라는 제 취향에 따라 태어난 캐릭터입니다. 다른 레이블에서 출간 중인 '살짝 연상이어도 여자친구로 삼아주시겠어요?'에서 정통파 미남 친구를 등장시켰기 때문에, 그럼 이번에는 더 미형을 추구해보자! 해서 미소녀도 될 수 있는 미남이 되었습니다. 그러면서도 그런 속성을 콕 집어서 파고들지 않고 '평범한 것'으로 묘사하고 싶었다는 의도도 있습니다. 남자가 치마를 입고 화장하고 매니큐어를 발라도 평범한 세계. 현대는 그런 시대가 아닐까요.

이상!

이 작품은 이것으로 일단 완결이지만, 만화판 쪽은 계속 연재되니 부디 잘 부탁드립니다. 최신간인 3권은 4월 27일에 발매 예정!

이하 감사 인사.

미야자키 님. 대단히 신세 졌습니다. 스스로도 '아무리 그래도 라노벨에선 무리겠지'라고 생각한 이 기획을 세상에 내놓으려고 마음먹은 건 미야자키 씨가 '그거 재미있는데요!'라고 칭찬해주셨기 때문입니다. 미야자키 씨가 없었다면 이 작품은 태어나지 않았을 겁니다. 기우니우 님. 정말로 감사합니다. 제가 상상한 아야코 마마 그 자체…… 아니, 그 이상의 아야코 마마를 잔뜩 그려주셔서 정말정말 감사합니다. 기우니우 씨에게서 전해지는 아야코 마마 사랑이 집필에 큰 의욕을 불어넣어 줬습니다.

그리고 7권까지 읽어주신 독자 여러분께 최대급에 감사를.

그럼, 인연이 닿는다면 또 만나요.

노조미 코타

노조미 선생님,
미야P님, 팬 여러분.

감사합니다

미우는
좋은 언니가
될 거예요…♡

MUSUME JANAKUTE MAMA GA SUKINANO！？ Vol.7
©Kota Nozomi 2022
Edited by **전격 문고**
First published in Japan in 2022 by KADOKAWA CORPORATION, Tokyo.
Korean translation rights arranged with KADOKAWA CORPORATION, Tokyo
through Korea Copyright Center Inc.

딸이 아니라 나를 좋아한다고?! 7

2023년 3월 14일 1판 1쇄 발행

저　　　자 노조미 코타
일 러 스 트 기우니우
옮 긴 이 현노을
발 행 인 유재옥
본 부 장 조병권
담 당 편 집 정영길
편 집 1 팀 김준균, 김혜연
편 집 2 팀 정영길, 조찬희, 박치우, 정지원
편 집 3 팀 오준영, 이해빈
편 집 3 팀 전태영, 박소연
미　　　술 김보라, 박민솔
라 이 츠 담 당 김정미, 맹미영, 이윤서
디 지 털 박상섭, 김지연
발 행 처 ㈜소미미디어
인쇄제작처 코리아피앤피
등　　　록 제2015-000008호
주　　　소 서울 마포구 토정로 222, 403호(신수동, 한국출판콘텐츠센터)
판　　　매 ㈜소미미디어
마 케 팅 한민지, 박종욱, 최정연, 최원석
물　　　류 허석용
전　　　화 편집부 (070)4164-3962, 3963 기획실 (02)567-3388
　　　　　　 판매 및 마케팅 (070)4165-6888, Fax (02)322-7665

ISBN 979-11-384-1698-6 (04830)
ISBN 979-11-6611-278-2 (세트)

MAMA LOVE 2!

contents